AF291121

CRUZ

KRISTOFFER ANDERSSON

I SYNDENS SPÅR

SPÄNNINGSROMAN I
SERIEN OM **LIEMANNEN**

Förlag: BoD - Books on Demand, Stockholm, Sverige
Tryck: BoD - Books on Demand, Norderstedt, Tyskland
ISBN: 978-91-7569-163-3

INLEDNING

KONVOJEN KÖRDE med hög fart över det steniga landskapet. Solen stod redan högt på himlen. Sanddimman efter de tio lastbilarna bildade en röd nyans mot det molnfria blå himlavalvet. Den mellanösterliga sommaren var het och fuktig. Konvojens destination var ett av bergen några mil utanför den Irakiska huvudstaden. Uppdraget var att hjälpa den strandsatta civila befolkning som den senaste tiden tvingats fly sina hem undan den fruktade Islamiska Staten. Deras tillflykt hade kommit att bli bland bergen och enligt oberoende journalister fanns ett femtiotal nu gömda på just konvojens destination.

De fem främre lastbilarna i ledet innehöll soldater från olika förband och med olika nationalitet. Tränade i strid och med erfarenhet från just denna typ av operationer i bland annat Afghanistankriget och konflikten i Libyen innan dess diktator Gaddafis död.

Jason Ross torkade svetten från pannan, rättade sedan till hjälmen, lutade huvudet bakåt och slöt sina ögon. I tre månader hade han vistats på militärbasen. Med jämna mellanrum skickades han och specialförbandet ut för att utföra operationer på olika destinationer runt om Bagdad. Det handlade oftast om att undsätta människor på flykt innan det att fienden hann dit. Fienden, tänkte han. Oftast bestod den av pojkar av minderåriga åldrar. Kidnappade, utrustade med illegala vapen och tränade i allt vad krig och hat betyder. De är bara barn, tänkte han.

Jason Ross var en av tre svenskar som ingick i specialförbandet. Ansågs vara de tre mest utmärkande soldaterna i den svenska armén och därför utsända för att bistå förbandet som en del av en Amerikansk-allierande överenskommelse. Totalt var de tjugotvå soldater. Majoriteten amerikaner. Även Britannien, Tyskland, Frankrike och Italien var representerade.

Jason öppnade sina ögon, vred huvudet och studerade en stund sanddimman som virvlade runt bakom lastbilen.

– Hej, J-Man, sa Martin.

Martin Bengtsson. Även han svensk soldat. En galen sådan. Orädd och en extremt bra skytt. Han var en väldigt bra soldat att ha vid sin sida, dock en aning labil och oförutsägbar.

Jason vred åter huvudet och gav Martin sin uppmärksamhet.

– Tror du jänkarna kommer att dela med sig av sina tapperhetsmedaljer? Igen?

Jason riktade blicken på den amerikanske soldaten bredvid sig. Funderade en kort stund.

– Nja, kanske. Han ryckte på axlarna. De delar ju med sig av sina krig så.

Martin skrattade.

– Tur är i alla fall att de inte fattar vad vi säger.

Amerikanen bredvid Jason såg mot Martin och sedan mot Jason.

Martin nickade mot honom. Jason bara log. Sedan skrattade de båda. Amerikanen skakade på huvudet och smålog.

– Crazy Suedes.

Konvojen saktade in. Samtliga i lastbilen nickade mot varandra. Nu med mer sammanbitna ansiktsuttryck än tidigare. Kängorna sjönk ner i sanden medan soldat efter soldat hoppade ur lastbilarna.

Sist ur lastbilen var Jason och Martin.

Martin såg på Jason och höll ut sin knutna näve.

– En för alla.

Jason nickade.

– Alla för en.

De slog ihop sina knogar och tog sedan sina positioner i grupperingen.

DEL 1

"När du sett vad jag sett så är döden inte bara något man inte längre fruktar, det blir även något som du slutligen jagar."
— *Jason Ross*

KAPITEL 1

BENGT WESTERBERG, 54, satt tyst under en kortare stund. Likaså personen i den andra änden av samtalet. Han satt bakåtlutad i kontorstolen inne på polishuset i Stockholm och såg fundersam ut men samtidigt en aning oroad.

Bengt Westerberg, Rikspolischefen. En man med kraftig kroppshydda men ändå så mån om sitt yttre. Det prydliga vita skägget var vältrimmat och följde noga käkens alla linjer för att sedan överlappa med det lilla hopp om hår som fortfarande vilade runt hans annars kala hjässa. Klädkoden var noggrann. Idag var han klädd i en mörkblå kostym. För tillfället hängde kavajen på kroken intill kontorsdörren och vid bordet hade han kavlat upp ärmarna på den vita skjortan innan han satt igång med pappersarbetet. Den ljusblå slipsen var noggrant knuten och hängde nu ner mot det putande magvalvet.

– Du får ursäkta, sa han. Blev en chock att höra.

– Jag förstår, svarade Försvarsminister Charlotte Wijk i högtalartelefonen.

Försvarsministern hade för några minuter sedan ringt upp Rikspolischefen för att informera honom om hur det förband som skulle undsätta en minoritet människor i nöd i närheten av bergen runt Bagdad råkat ut för ett bakhåll.

– Hur allvarligt är det? fortsatte Bengt.

Charlotte var tyst. Bara någon sekund men för Bengt kändes det som att svaret dröjde en evighet. Han svalde hårt och stirrade på telefonen på bordet.

– Det är allvarligt, svarade Försvarsministern.

Bengt höll andan.

Anledningen till att den Svenska Försvarsministern rapporterade om dessa uppgifter till Rikspolischefen hade ingen diplomatisk grund. Vad som sker i utländska insatser har inte med den svenska polisen att göra.

Hennes rapportering handlade om något helt annat. Bengt Westerberg var nämligen god vän med förbandets svenska soldat Jason Ross. Faktum var att han under Jasons ungdomsår agerat förmyndare åt honom till dess att denne uppnått sin ålder av arton. Anledningarna var under den tiden många och efter artonårsdagen hade de fortsatt ha nära kontakt.

– Jason har haft en enorm änglavakt, fortsatte Charlotte. Totalt förlorade vi sjutton av soldaterna.

Han är den enda svenska soldaten som överlevde.

Bengt drog en djup suck.

– Men än är det inte helt över. Han behöver en längre vård och vi arbetar med att kunna flyga hem honom under veckan. Dock så måste han läggas in för observation även efter hans hemkomst.

Bengt satt tyst.

– Hallå? Bengt? Är du kvar?

Bengt harklade sig.

– Tack så mycket, Charlotte, sa han och pausade kort för att svälja. När kan jag vänta honom på svenska mark igen?

– Vi hoppas hans tillstånd är tillräckligt stabiliserat för att flyga under tisdagen, svarade Charlotte.

KAPITEL 2

JASON ROSS, 28, öppnade sakta ögonen inne på rummet på Karolinska Universitetssjukhuset. Fortfarande kände han sig yr var gång som han skulle öppna upp dem. Kände sig känsligare mot det förmiddagsljus som nu sken in genom fönstret. Dessutom lurade den ständiga, nästintill synes oövervinnliga, huvudvärken runt hörnet.

Tjugo dagar hade passerat sedan operationen i den Irakiska sommarhettan nästan bragt honom om livet. Han kisade och torkade bort en tår från ögat. Minnet av attacken var fortfarande luddig. Små korta frekvenser av vad som hände var allt som ibland passerade för hans inre.

De blodiga händerna var hans starkaste minne. När han berättat om minnet för den läkare som vårdat honom på basen hade denne svarat att inga sår fanns på Jasons händer. Inte ens ett skrubbsår.

– Troligen är minnet från det att du känner efter med

händerna mot huvudet.

Ännu minns inte Jason det. Men troligen så har läkaren rätt.

Kulan hade träffat honom strax intill tinningen. Alldeles där hjälmen tar slut och kindbenet tar vid. När Jason vaknade måste han ha känt efter med händerna för att sedan se blodet som uppkom. Chocken ledde kanske till att just det minnet var det starkaste.

Jason hade haft tur. När kulan träffat honom hade han fallit ihop. Troligen tog det inte mer än några sekunder innan han försvann in i medvetslöshet. När Jihadisterna vandrat runt bland sina offer för att säkerställa att inga överlevande låg bland alla lik så tog de Jasons medvetslöshet som att även han var ett av dem. Inte heller konstigt med tanke på allt det blod som Jason avsöndrat. Han måste ha sett stendöd ut med ett ingångshål i huvudet och den röda sanden runt hjässan.

Martin Bengtsson och Juha Nilsson dog båda under bakhållet. Jason suckade medan han tänkte på Martin. De var i samma årskull, tillhörde samma förband under den svenska tjänstgöringen som artonåringar. På F21 i Norrbotten. Även Juha Nilsson började sin karriär på F21, dock två år senare än Ross och Bengtsson.

Efter sin grundutbildning sökte de båda sig vidare för att få tjänstgöra utomlands. Med toppbetyg från F21 och med den fysiska styrkan såg armén dem som mer än välkomna att få fortsätta sina karriärer inom det militära. Deras första utlandsupplevelse kom att bli under det Afghanska kriget. Dagen efter sin tjugoårsdag lämnade Jason Sverige för att kriga i vad som idag verkar vara ett evighetskrig. Juha anslöt sig till dem två år senare men hann bara uppleva kriget under sex månader. Efter en hemligstämplad incident under en dagräd så omplacerades de tre soldaterna och flögs över till Irak. Väl där anslöt de till det specialförband som för några dagar sedan hamnade i bakhållet.

Incidenten i Afghanistan berodde på Jason. Men de andra tog även dem på sig skulden och på så sätt satt de sammansvetsade vid omplaceringen. Jason hade under tjänstgöringen haft flera incidenter. Ingen tvekan om det, han är en soldat som tagen ur en Rambo-film, men vissa gånger blev hans beteenden för mycket för den svenska försvarsmakten.

Jason skickades hem och under åren 2011-2012 arbetade han med utbildning vid Flygvapnet i Linköping. Först året därefter återfanns han i specialförbandet som opererade runtom i Iran. Nu fanns där inget förband kvar. Alla hans vänner, så när som på fyra, blev alla avrättade under attacken.

Två millimeter, tänkte han. Två ynka millimeter.

Så nära var det att även Jason fanns med i den statistiken.

– JASON? Är du vaken?

Jason öppnade ögonen. Bredvid honom satt Bengt Westerberg. Det var mörkare i rummet och Jason gissade att det måste ha hunnit bli kväll.

– Ja, svarade han och gnuggade yrvaket sina ögon. Han måste ha sovit en lång stund men kände sig ändå trött.

Bengt log mot honom.

– Sovit gott? frågade han.

Jason skakade sakta sitt huvud.

– Mardrömmar.

Bengt nickade förstående.

– Eller om de är minnen, fortsatte Jason.

Bengt lutade sig tillbaka i den hårda besöksstolen.

– Det kan det mycket väl vara. Hur mår du?

Jason funderade.

– Vet inte, svarade han och ryckte på axlarna. Det är som det är.

– Visst är det så men enligt doktorn så gör du framsteg.

Jason nickade och höjde ögonbrynen.

– Vad gör du här?

Bengt fnös.

– Vad jag gör här? Vad tror du?

Han rätade på sig i den obekväma stolen och rättade till rocken.

– Du kommer få lämna sjukhuset inom någon vecka.

Jason såg med ens något gladare ut.

– Men du kommer att behöva göra några återbesök.

Jason nickade.

– Det kan jag tänka mig, svarade han. Men...

Han tystnade.

– Men? svarade Bengt och väntade på fortsättningen.

– Vad händer nu?

– Med?

– Med mig? Jason såg allvarligt på Bengt. Med armén? Med allt?

Bengt satt tyst och ryckte sedan på axlarna.

Jason fortsatte att fokusera blicken på honom.

– Du är utskriven ur truppen, sa Bengt. Där har du gjort ditt. Och om du frågar mig så är det lika bra det. Och vad gäller arbete så är jag säker på att de kan ha användning av dig inom andra uppgifter. Men du har gjort ditt sista krig.

Jason nickade. Det var precis vad han hade förutsätt skulle ske. Och på något sätt kändes det som en lättnad. All död, allt lidande. Han var trött på det. Det som var värre var att all den död och allt det lidandet hade kommit att bli det enda han kände till. Det enda arbete han haft förutom det ett och ett halvt år då han utbildade soldater i krigsföring. Men även det var ju en del av kriget.

– Kanske skulle man sadla om helt.

Bengt såg på honom. Efter några sekunder nickade han.

– Jag tycker det är det smartaste du sagt på flera år,

svarade han.

De såg allvarligt på varandra en stund. Sedan bröt de båda ut i skratt.

– Allt du stått ut med, sa Jason.

– Ja, skrattade Bengt. Om någon ska ha en hedersmedalj så är det jag.

Han reste sig.

– Det är sent.

Han la handen ovanpå Jasons vänstra ben och gav några försynta klappar.

– Du borde sova.

Jason nickade och såg mot Bengt medan han vände om mot dörren.

– Tack för blommorna, sa Jason.

Bengt vände om i dörren.

– De är inte från mig.

Jason rynkade ögonbrynen.

– Men du kan nog lista ut vem, sa Bengt, log och försvann ut.

DAGARNA PÅ Karolinska Universitetssjukhuset passerade sakta förbi. Jason spenderade den mesta av tiden i sjukhusbädden. Vid varje större ansträngning gjorde sig yrseln påmind. Han tyckte om att läsa. Bredvid honom fanns en hel hög av böcker men även denna sysselsättning gav honom i slutänden huvudvärk och lässtunderna blev intensiva om än kortvariga.

Några fotbollsmatcher såg han på tv:n i det gemensamma utrymmet, där han för övrigt också åt frukost och vissa måltider tillsammans med de övriga på avdelningen. Nyheterna såg han oftast inne på sitt eget rum, den sista rutinen innan han somnade om kvällarna.

Vid det lilla nattduksbordet intill sjukhusbädden stod två stearinljus. I mörkret låg han och stirrade på de dansande lågorna efter att ha tänt dem till minne av Martin Bengtsson och Juha Nilsson.

De tre musketörerna. Tillsammans hade de stått vid varandras sida. Oavsett vilket hot som väntat framför dem. Jihadister. Terrorister. Fanatiska islamister. Feltolkare av Koranen. Mot hotet från de som följde Sharialagarnas hemska metoder. Alla sorter hade de öga mot öga kämpat mot.

Minnen av halshuggna män for genom hans inre. Våldtagna kvinnor som krälade i sitt eget blod med tårade ögon och förtvivlande skrik av smärta. Barn. Flickor och pojkar i alla åldrar. Med avsaknaden av kroppsdelar skrek de ut sin smärta medan hus efter hus raserade med varje bomb som föll. Hur morgonsolen lyst upp över ruinerna som nätternas bombräder lämnat efter sig. Stenhus efter stenhus jämnat med marken. Hur många kroppar som doldes under stenblocken kunde man bara gissa sig till. Den tidigare gulbruna sanden lyste i solens sken mer blodröd. Överallt bara blod.

Han kunde fortfarande inte förstå. Trots alla år i det militära. Hur kunde människor göra detta mot varandra? Och vad han än mindre förstod. Hur kunde Väst låta det ske? Visst, de skickade sina militärer men det var ju inte förrän de själva fann det som hände som ett hot mot den egna nationen. Då blev det genast fart. Då skulle man minsann kraftsamla mot de så kallade terroristgrupperingarna. Då var det plötsligt panik med att stötta folket i kampen om att störta de diktatorer som sedan länge terroriserat sitt eget folk. Dock kom kraftsamlingen alltid försent. Terroristcellerna är här för att stanna.

Han suckade djupt och såg på skenet i taket från de dansande stearinlågorna. Nu är de borta, tänkte han. För vems skull? Spelade deras del av kriget någon som helst roll när allt kom omkring? Han ville inte tänka att allt var förgäves. Ville inte att deras mod och kämpande hade gjorts i onödan. Deras minne bör förbli med största heder.

J-Man. Det var smeknamnet som Martin gett honom. Amerikanerna hade hakat på och det var namnet de använt på basen. Jason log medan han tänkte på stunderna med Martin och Juha. J-Man.

Han hade aldrig tyckt om det namn som var honom mer ökänt. Liemannen. Den svenska armén använde det kodnamnet när de satte in honom i operationer. Liemannen. Det fick honom alltid att känna sig som ett svenskt högteknologiskt vapen. De som lyssnade på radion måste ha trott att en missil från någon drönare skulle slå ner. Som om Döden själv skulle svepa in som en storm över området, sluka i sig allt som rörde sig och lämna själlösa kroppar överallt.

Prepare Operation Grim Reaper!

Så sprakade det i radion. Någon Överstelöjtnant beordrade honom att infinna sig i skarpt läge. Uppgiften var enkel i teknisk benämning. Eliminera motståndet. Döda till siste man. Dock lättare sagt än gjort. Men det var det han var i armén för. Döda, döda och åter döda.

Han skakade på huvudet. Allt detta dödande. För vad?

Stackars Martin, tänkte han. Stackars Juha.

Han blåste ut ljusen, stängde ögonen och föll in i ännu en blodig mardröm.

KAPITEL 3

DET KNACKADE försiktigt på dörren. Jason såg bort mot den och ropade sedan åt gästen att stiga på men hade han vetat vem som doldes där bakom hade han kanske tänkt om.

– Hej, sa hon nervöst. Kan jag komma in?

Han hade redan listat ut det. Blommorna hade visserligen börjat vissna där på det lilla bordet vid sängkanten men han hade listat ut det samma kväll som han först sett dem. Han förstod att Bengt ställt dem där innan han väckt honom men vem de var ifrån var det aldrig någon tvekan om.

Jason låg tyst. Funderande.

– Visst, sa han tillslut och tryckte på knappen på den lilla dosan så att sängens övre del reste sig under honom. När hon väl kom fram till honom så satt han nästintill rakryggad.

För mycket, tänkte han och sänkte ner sängen något

medan hon satte sig tillrätta i besöksstolen.

– Du fick blommorna ser jag, sa hon och nickade mot buketten på bordet.

Jason såg inte mot dem utan såg henne i ögonen.

Gud, tänkte han. Hon är lika vacker som alltid. Dumma vackra idiot.

– Vad vill du, Mia? frågade han.

Maria "Mia" Sandén, 27. Tidigare flickvän och sambo till Jason. Tvåbarnsmamman som Jason så förargligt förälskat sig i under den tid han spenderade med att utbilda soldater i Linköping. Han bodde då i Nyköping och likaså gjorde Mia. De bodde tillsammans i ett hus på landet några mil söder om Nyköpings stad. Många var de som tyckt att förhållande artat sig lite för fort och att paret borde ha tagit det lugnare men Mia var då den som försäkrade alla om att hon aldrig varit lyckligare och att allt i hennes liv var underbart.

Deras förhållande fick ett drastiskt slut bara sex veckor efter det att hon bett Jason om att flytta in hos henne. Det efter att Mia en dag kysste den man som är far till hennes barn. Kyssen hade sedan fått henne att värdera om sina känslor. Hon kände helt enkelt starkare för barnens far än vad hon gjorde för Jason. Detta trots att barnens fader under deras tidigare förhållande både hotat, slagit och varit otrogen mot henne. Raka motsatsen till den man Jason var.

Jason flyttade ut samma kväll och vägrade efter det att svara på Mias många försök till fortsatt kontakt. Ignorerade hennes samtal, hennes meddelanden och bad tillslut Försvarsmakten om att få återvända till krigets front. Mycket var den anledning att han ville undkomma Mias försök till någon form av vänskap. Han hade sedan varken hört från eller sett henne efter det.

Nu satt hon där och drog ut på sitt svar.

– Jag hörde om vad som hänt, svarade hon.

Jason såg inte nöjd ut med svaret.

– Visst, sa han. Han förstod att Bengt hade ett finger med i det.

Han suckade.

– Men vad gör du här?

Han såg allvarlig ut.

– Du har varken rätten eller anledningen till det, fortsatte han.

Mia såg ledsamt på honom.

– Jag vet att jag sårat dig, sa hon. Men jag bryr mig fortfarande om dig. Du är den enda man som jag älskat efter det att det tog slut med barnens far och...

– Skippa snacket, Mia.

Jason kliade sig i pannan och skakade på huvudet.

– Vad vill du egentligen?

En så hemsk person vill inte bara se hur jag mår, tänkte han.

– Det är det jag vill, svarade hon bestämt. Jag ville se hur du mår. Som jag sa så bryr jag mig fortfarande om dig. Även om du verkar tro motsatsen.

Jason satt tyst. Han kände sig inte övertygad men förstod att hon inte skulle öppna sig mer än så.

– Okej, sa han. Nu har du sett. Jag mår bra.

Hon nickade. Det röda håret åkte framåt så den sneda luggen hamnade framför ögonen. Sakta strök hon tillbaka den medan hon såg än mer ledsamt på honom. Hon såg ut som vanligt. Klädd i en ljusblå blus med ett synligt vitt linne under och mörka jeans. Hon var en aning satt dock inte tjock. Mer naturliga former med stor byst. Naken var hon trots två graviditeter fortfarande en fröjd för ögat. Faktum var att de härliga brösten alltid lyckats hypnotisera Jason. Fan, tänkte han. Sexet var ju magiskt.

– Hur länge blir du kvar här? avbröt hon honom i hans tankar.

– Har inte Bengt berättat det redan? svarade Jason spydigt.

Mia satt tyst. Nästintill snyftande.

Jason kände en ångest över hur han behandlar henne men samtidigt en ilska över hur hon behandlat honom tidigare. Dessutom kunde han känna hur han fortfarande hade känslor för henne. Redan när hon stack in sitt huvud innanför dörren kände han det. Om det var så att han fortfarande älskade henne skulle han låta vara osagt. Men något var det. Starka känslor.

– Förlåt, sa han och suckade.

De satt tysta en stund och bara såg på varandra.

– Så? sa hon tillslut.

– Åker hem i övermorgon, svarade han. Till Nyköping.

Hon nickade.

– Vad är hem?

– Till huset jag bodde i när vi träffades.

– Aha, sa hon. Hos bonden?

Han nickade.

– Så inget mer krig?

Han slickade sig om de torra läpparna.

– Nej, det är över för min del.

Hon log.

– Så vad kommer du att göra istället?

Han skakade på huvudet.

– Jag vet inte, inget militärt i alla fall.

– Bra, svarade hon.

De såg på varandra och en pinsam tystnad spred sig i rummet.

Undrar om hon är tillsammans med den där jävla idioten fortfarande, tänkte han men ställde inte frågan.

– Så, hur mår pojkarna?

Hon log.

– Jo, de mår bra. Linus börjar förskolan till hösten.

Jason nickade och log.

– De är bra grabbar, de.

De log båda två.

Jag har saknat dig, tänkte Mia och såg på honom.

Ibland önskar jag att jag hade kämpat för dig, tänkte Jason och mötte hennes blick.

MIA SANDÉN svängde in sin gamla Volvo på uppfarten och stängde av motorn. Hon vände sig om och såg på de sovande barnen i baksätet.

– Grabbar, vakna.

Sakta kunde man se lite rörelse från dem.

– Vi är hemma, fortsatte hon.

Linus, den äldste av dem, knäppte av sig bältet och såg ut genom rutan.

– Är pappa hemma? frågade han då Mia öppnade bakdörren.

– Nej, svarade hon och släppte ut honom. Kom igen, Benjamin. Vakna nu.

Benjamin tog sig yrvaket ur bilen han med.

Väl inne i huset fick Mia dem ur kläderna. Efter tandborstning och de vanliga godnatt puss-rutinerna släckte hon lampan i deras rum och lämnade dem snusande åt John Blund.

Med en rykande kopp te satt hon stirrandes ut genom köksfönstret djupt försjunken i sina tankar.

Ett meddelande från sin sambo avslöjade att han inte skulle komma hem på några timmar. Någonting om att han behövde fixa några saker. Som vanligt, tänkte hon.

Hennes tankar vandrade ganska snart iväg till

besöket hos Jason. Hon log medan hon tänkte på det. Han var precis som vanligt. Den mannen bara kan inte vara elak, tänkte hon. Inte för att hon försökte utnyttja hans snällhet. Hon var bara glad att han var tillräckligt snäll för att inte kunna be henne dra åt helvete när hon väl dykt upp på hans sjukhusrum.

Jag skulle aldrig ha låtit dig gå, tänkte hon medan en het klunk av Shia-teet rann nerför hennes strupe. Jag är en idiot.

KAPITEL 4

SOMMARREGNET FÖLL likt ett varmt täcke över Södertälje. Molnen hjälpte natten att skymma staden. Den röda Nissan svängde in på parkeringen vid Södertälje Syd och parkerade intill den svarta Mercedesen, stängde av motorn och lät en stund vindrutetorkarna sudda bort de fallande regndropparna. Tillslut slocknade lyktorna och torkarna stannade stående i klockan tolv mitt över framrutan.

Föraren öppnade dörren, steg ur bilen och slog igen den efter sig. Han rättade till skinnjackan och drog sedan upp tröjans huva över huvudet för att skydda sig från regnet. Han såg ängslig och nervös ut och såg en stund mot Mercedesen. Drog ett djupt andetag och tog de tre stegen till Mercedesen, öppnade bakdörren och klev in i bilen.

Inne i bilen var det först tyst. Mannen drog bort huvan men yttrade inte en stavelse. Bara satt där. I framsätet satt två män. Föraren stirrade bara rakt fram och följde maniskt vindrutetorkarnas rörelse med blicken.

I passagerarsätet hade mannen en cigarett mellan fingrarna. Han drog ett bloss, väntade någon sekund för att sedan fylla kupén med den vita röken. Och så ett bloss till.

– Så, sa han på brytande svenska. Du ska få en chans.

Han blåste ut röken.

Mannen i baksätet satt tyst.

– Berätta din version av det hela.

Några sekunder tystnad. Mannen tittade på föraren som utan undantag fortsatte stirra på vindrutan. Han harklade sig.

– Du ska få dina pengar, sa han. Jag behöver bara...

– Nej, avbröt mannen i passagerarsätet honom. Vad hände?

Han svalde hårt.

– Jo, fortsatte han. Jag lyckades inte sälja det till det pris som var satt.

Han tog ett andetag.

– Men du ska få pengarna. Jag fixar fram dem. Inga problem, det vet du.

Ännu ett moln av rök strimmade ut ur mungipan.

– Du ljuger, sa den rökande mannen. Du har använt mina pengar till att finansiera ditt eget. Det är den version som stämmer mer på vad som hänt.

Små svettpärlor bildades i pannan på mannen i

baksätet medan hans andning blev tyngre.

– Jag kan ordna fram dina pengar, konstaterade han. Jag svär på mina barn.

– Dina barn? frågade den rökande mannen. Är du säkert?

Mannen i baksätet svalde hårt och nickade medan deras blickar möttes i backspegeln.

– Du ska få dina pengar, lovade han. Ge mig bara tid.

Den rökande mannen spände blicken i honom och svarade sedan på hans vädjan.

– Du har en vecka på dig.

– Okej, stönade mannen och andades ut. Du kommer inte ångra det här.

Mannen i framsätet vevade ner rutan, slängde ut den glödande fimpen och log.

– En vecka, sa han. Försvinn nu ut ur min bil, ditt kräk.

KAPITEL 5

BENGT WESTERBERG knackade på dörren och steg in i rummet.

– Jaha, sa han. Är du redo?

Jason la ifrån sig tidningen.

– Javisst.

Han reste sig ur sängen och tog tag i sin väska. En kort stund fastnade hans blick på de vissnande blommorna på sängbordet. Bengt log medan han såg hur Jason sjönk in i sina tankar.

Jason var klädd i ljusa jeans, svart t-shirt och vita Converse. Trots nära en månad i sängliggande läge hade hans muskulatur knappt påverkats. De grova överarmarna vilade längst sidan, de breda axlarna och den vida bringan stoltserade under den tighta t-shirten.

Tatueringarna på armarna avlöste varandra. Om inte Bengt vetat bättre hade han tagit Jason för att tillhöra något av den undre världens kriminella gäng. Till och med det svarta håret hade Jason hunnit få ordning på. Luggen stod några centimeter för att sedan falla bakåt i en noggrann linje. Om det inte varit för de snaggade sidorna så hade den varit på pricken lik en ung Elvis.

Bengt harklade sig. Jason ryckte till och släppte fokusen från blommorna.

– Ska vi?

Jason log, såg en sista gång på blommorna och gick sedan före Bengt ut ur det rum som de senaste veckorna varit hans tillhåll.

I HÖJD med Järna, efter att ha spenderat resan under tystnad, såg Bengt på Jason, sedan framför sig på vägen och sedan åter på Jason. Jason såg tillbaka på Bengt men sa inget och vred bort blicken. Efter upprepade blickar från Bengt så suckade Jason, rynkade sina ögonbryn och tog av sig de kolsvarta glasögonen.

– Vad? frågade han.

– Vad då vad? svarade Bengt.

Jason skakade på huvudet.

– Spela inte dum. Jag ser att det är något.

Bengt ryckte på axlarna.

– Jaså, det ser du?

Men vad i helvete, tänkte Jason.

– Säg vad det är.

Bengt log. Jasons korta stubin hade han lärt sig.

– Jag såg hur du tittade på blommorna.

Jason satt tyst.

– Så du listade ut vem de kom ifrån?

Jason grinade ironiskt.

– Det var inte särskilt svårt, svarade han.

Bengt log medan han tittade i sidospegeln, blinkade och körde ut i omkörningsfilen.

– Så, fortsatte han.

– Så vad då?

Jason lät irriterad.

– Vad händer där?

Jason skakade på huvudet.

– Där händer ingenting, svarade han. Men du vet mycket väl vad som har hänt där.

Bengt nickade instämmande.

– Och du vet vilket skit jag tog mig igenom för att komma därifrån.

Bengt nickade även denna gång till svars.

– Så låt det då stanna vid att inget kommer att hända där.

En tystnad uppstod medan Bengt körde om ytterligare en bil för att sedan svänga tillbaka till ytterfilen.

– Du vet, sa han. Du kommer att bo här hemma nu.

Jason rynkade ögonbrynen. Han förstod vart samtalet var på väg.

– Ha en fast punkt i livet. Inget mer resande. Vara mer civiliserad och...

Jason drog ett djupt andetag.

– Vart vill du komma?

– Nja, svarade Bengt för att sedan tystna.

Han ryckte lite på axlarna och skruvade på sig.

– Du är en bra kille. Du kan vinna henne tillbaka.

Jason såg argt framför sig.

– Jag kanske inte vill vinna henne tillbaka. Har du tänkt på det?

– Okej, okej, log Bengt. Jag bara konverserar.

– Gör inte det är du snäll.

Han tog åter på sig sina solglasögon och såg sedan demonstrativt ut genom sidorutan på det skogslandskap som susade förbi.

SOLEN STOD högt på himlen och temperaturen närmade sig tjugosju grader när Jason klev ur bilen. Han sträckte på sig och såg sedan på huset som uppenbarade sig framför dem.

Bengt stängde bildörren och tog av sig solglasögonen.

– Ser ut som då du lämnade det? frågade han.

Jason nöjde sig med att nicka.

Huset var beläget på en lantgård någon mil söder om Nyköping. Här hade han bott tidigare. Innan det att han träffade Mia. Bonden på gården, Jan Elias, lät honom bo i huset hyresfritt mot att han hjälpte honom med lite av sysslorna på gården. En överenskommelse som fungerade utmärkt för dem båda.

– Var är Jan, tro? sa Bengt och såg sig omkring.

– Säkert på åkern, svarade Jason och tog sin väska från baksätet. Kom igen.

De gick in genom dörren och Jason tog ett varv i det lilla huset medan Bengt förhöll sig till köket. Huset hade stått orört sedan Jason tagit sin andra värvning. Alla hans möbler stod där fortfarande och likaså många av hans värdesaker.

På köksbordet låg en lapp med ett slarvigt skrivet meddelande:

Välkommen tillbaka!
Du kan ju rutinerna så känn dig som hemma igen
och kom sen upp på en kaffe.
Jan & Eva

– De är nog glada att ha dig här igen.

Jason nickade.

– Ja, kanske det.

Eva var Jans fru och var döpt Eva-Lena men alla tilltalade henne bara med Eva. Paret var i sextioårsåldern och gården var Jans familjehem. Jason hade trivts med att hyra av dem och uppskattade de sysslor som fanns att stå i på gården. Allt kroppsarbete och maskinella sysslor var som handgjorda för honom. I alla fall hade det varit så efter de långa dagarna av teoretiska utbildningarna vid Flygvapnet då han inte var mycket för att sitta stilla.

– Jag ska bege mig mot Stockholm igen, sa Bengt och reste sig.

Jason nickade.

– Tack för allt, svarade han.

De båda utbytte en kram.

– Om det är minsta lilla, sa Bengt.

– Jag vet, svarade Jason.

DET KUNDE uppfattas som att tiden stått stilla. Om det inte varit för det gråa lagret av damm så hade vardagsrummet varit identiskt med det han lämnat bakom sig. Nedsjunken i soffan studerade Jason rummet. Det hade börjat skymma ute men än låg temperaturen på över tjugo. De små vindpuffarna från det öppna fönstret drog med sig den välbekanta doften av lantkänsla. Han drog ett djupt andetag och kände doften av vetefältet. Han slöt sina ögon och njöt en stund. Värre var det i sovrummet som oturligt nog vätte mot ladugården. När vinden låg på var doften oftast av annan karaktär. Men aldrig i vardagsrummet. Där doftade det alltid av vetefält eller sirendoften från den lilla trädgården på baksidan av huset.

Han satt stilla en stund till. Insöp omgivningen. Tankarna var många och passerade framför hans slutna ögon. Från minnet av krigen till Mias besök på sjukhuset. Huvudet värkte och slutligen kände han sig yr varpå han öppnade sina ögon. Huvudvärken skulle vara en återkommande åkomma under några veckor hade hans läkare deklarerat men att det senare skulle komma att avta. Minnena var däremot något som inget medicinskt kunde åtgärda.

Jason hade för vana att inte ta tag i sitt förflutna. En till denna dag hade han inte bearbetat alla händelserna från sina tonårsdagar. Straffen hade han tagit. Terapin. Ungdomsvården. Allt det hade han tagit sitt ansvar för. Men aldrig minnena. Aldrig blivit kvitt den ilska och depression som ständigt vila i dunklet under ytan. Under den fasad han byggt upp mot omgivningen. Bara det faktum att han med sin bakgrund och labila grund fått möjligheten att arbeta inom det militära var egentligen helt absurt. Varenda psykolog måste ju ha förstått vilken vandrande bomb han var. Att något tände stubinen skulle ju ha räckt för en massiv explosion.

Och att Mias besök på sjukhuset skulle innebära att en liten glöd börjat pyra, det kunde inte ens Jason själv förutse där han slumrade in i soffan i det lilla gårdshusets dunkla vardagsrum.

KAPITEL 6

Ljudet av skottet måste ha väckt honom. Slumrigt såg han sig om i det mörka rummet. Han kunde urskilja sin brors gestalt där denne redan satt raklång upp i sängen. Vad var det för ljud?

Ljusstrimman blev allt större medan dörren till rummet öppnades och bländade pojkarna. In i rummet kom deras mor. Hon såg rädd ut och andades kraftigt.

– Fort, viskade hon. Göm er under sängen!

Han skyndade sig att kasta av täcket, steg ner på golvet och kröp in under sängen. Hans bror följde efter.

– Ni måste vara absolut tysta, sa modern med rädsla i rösten.

Han kunde se fasan i hennes ögon innan hon reste sig från golvet. Tillsammans satt bröderna alldeles tysta. Höll varandras händer och stirrade mot moderns vader som skymtade mellan golvet och täcket som hängde ner från sängkanten. De vågade inte andas.

Fotsteg hördes från hallen. Sedan dök en skugga upp i dörren. Bröderna kisade mot dörren men allt de såg var skuggor. Allt de hörde var stegen som stannade av. Sedan moderns hesa snyftande.

– Snälla, nej.

Från skuggan hördes inte ett ljud.

Två steg.

– Nej, jag ber.

Ett skott.

Brödernas ögon spärrades upp. Dunsen då deras moder föll i golvet. Hennes ögon var fortfarande vida öppna där hon låg på golvet och stirrade mot dem. I ett tappert försök till att förflytta sig ålade hon sakta mot sängen. Små kvävda ljud. I samma stund som hon drog ut sin hand mot dem hördes ett andra skott. Moderns kropp gav ifrån sig några små ryck innan det sista kvävda pipet lämnade hennes strupe. Med uppspärrade ögon, stirrandes på sina söner sjönk den sista kraften i den utsträckta handen i dvala.

Skuggan i rummet rörde sig inte. Men de kunde höra dess andetag.

KAPITEL 7

JASON VÄCKTES av mobilens plingande. Han vred sig om i sängen, sträckte sig efter telefonen och såg yrvaken på dess skärm.

Ett meddelande.

Från hans gamla skolkamrat.

Tja!
Hörde att du var tillbaka i staden.
Tänkte se om du vill ta några bärs
med gamla gänget?
Hör av dig! Micke

Han la tillbaka mobiltelefonen på nattduksbordet och la sig till rätta på rygg. Kanske kunde det vara trevligt? tänkte han. Dock en aning osäker på sin fysik. Och öl? Det skulle betyda att han skulle behöva undvika att ta sina värktabletter under dagen.

Han låg en stund och stirrade fundersamt upp i det vitmålade trätaket. Äh, vad fan, tänkte han. Varför inte?

Efter att ha tackat ja till inbjudan steg han ur sängen. Han sträckte armarna i luften medan han gäspade. Huvudvärken kändes inte lika påtaglig idag och kroppen kändes inte så sliten som tidigare mornar. Kanske började han återhämta sig?

Radion spelade någon sång från den senaste i raden av Idolvinnare innan radiopratarna tog vid med diskussioner om Nato-medlemskap. Fördel kontra nackdel? Jason följde med minimalt intresse medan han stekte sin äggröra. Ljudet av det droppande kaffet och dess doft som spred sig i köket medan solen kastade sina strålar på den vita bordsduken.

– Hur god beredskap har vi? frågade sig en av radiopratarna.

Jason höjde ögonbrynen och fnös.

– Ja, hur bra är våra militärer? frågade en annan.

Jason stod tyst medan äggröran fräste i stekpannan. Blicken fastnade medan han mindes tillbaka till den hemska dagen. Han slöt sina ögon. Såg Martin Bengtssons leende, hur hans knuta knogar träffade Jasons, löftet om en för alla, alla för en. Om ni bara visste, tänkte han och syftade på de ovetande radiopratarna. Vi förlorade några av våra bästa.

Han satt sedan till bords med radiopratarnas spekulationer i bakgrunden medan krigets hemskheter passerade framför hans ögon.

EFTER ATT ha hjälpt Jan med utfodringen av gårdens kreatur, Eva med uppsättning av två nyinköpta secondhand-tavlor och en mindre lunch satt nu Jason i väntrummet på Nyköpings lasarett. Bara en ren rutinkontroll för att se hur han återhämtade sig. Glad var han i alla fall över att inte behöva färdas de tio milen norrut för att genomgå varje rutinkontroll och återbesök hos läkarna på Karolinska Universitetssjukhuset.

Han såg sig om i rummet. De typiskt vita väggarna, den sterila miljön, de tråkiga tavlorna och den sorgliga atmosfären som vilade över att befinna sig på ett sjukhus. Det var som om alla oavsett besvär innehade någon form av oro. Som att ett simpelt besök på grund av nageltrång kunde leda till att man aldrig mer skulle få se dagens ljus. Naturligtvis visste alla att besvären kunde handla om den enklaste av behandlingar men ändå såg man osäkerheten i allas ögon. Kanske kunde det finnas något mer under just detta besök?

Jason avskydde sjukhus. Undvek dem i den mån han kunde. Mest handlade det om att alla han kände som en gång kommit in till ett sjukhus, aldrig mer kommit ut från det. Döden hade varit en naturlig del av hans uppväxt och fortsatt så även vid de provisoriska sjukhusläger som byggts upp i de krigshärjade områdena under hans tjänstgöring.

En liten flicka satt mitt emot honom. Han såg på henne och fick hennes uppmärksamhet. Han såg på medan hon dinglade med benen i luften då de inte nådde hela vägen ner i golvet från stolen hon satt på. Hon bar en rödvitprickig klänning, vita strumpor och svarta lackskor. Håret var uppsatt i en röd rosett. Hon log mot honom och såg sedan bort mot sin mor borta vid besöksluckan. Jason log för sig själv. Söt flicka, tänkte han. Som en docka.

– Jason Ross? ropade sköterskan då korridorsdörren öppnades.

Jason reste sig.

– Det är jag, svarade han.

Han tog de få stegen bort mot sköterskan.

En vacker, ung sköterska. Långt svart hår i en fläta som hängde från hennes axel och en bit ner över bröstet. De gröna ögonen mötte hans blick medan hon sträckte fram sin hand. Naglarna var till hälften rödmålade och läpparna skymtade en svag sträng av körsbärsrött läppglans. Han tog hennes hand i sin.

– Jason Ross? upprepade hon.

Jason nickade.

– Lisa Bendt, fortsatte hon och avslöjade samtidigt sin norska brytning.

Sött, tänkte Jason men valde att inte säga det högt.

– Trevligt, sa han och nickade innan han följde henne i korridoren.

Inne på rummet bad hon honom att sitta ner på britsen medan hon läste i hans journal.

– Ett riktigt äventyr du varit med om, sa hon, såg på honom och log.

Jason nöjde sig med att nicka som svar och log försiktigt.

Gud, vad hon är vacker, tänkte han.

– Då ska vi ta några blodprov och kontrollera dina värden innan läkaren kommer, fortsatte hon. Så om du är snäll och tar av dig på överkroppen.

Hon stod sedan sneglande medan Jason drog t-shirten över huvudet och blottade den vältränade bringan i all sin nakenhet. Han såg mot henne och hon tittade snabbt ner bland listorna. Försynt såg hon sedan åter åt honom då hans blick fokuserade på annat. Hon bet sig svagt i läppen medan hennes blick vandrade över de muskulösa armarna.

Jason såg hennes trånande blick.

Varför behövde jag ta av tröjan? tänkte han. Det behövs väl inte för ett blodprov?

MIKAEL KARLSSON. Gamle gode Micke.

Jason försökte minnas tillbaka till när de senast hade träffats. Det måste ha varit under tiden jag undervisade i Linköping, tänkte han och tog en klunk av den kalla ölen.

Han satt nästan ensam i baren inne på O' Learys. Endast en äldre man satt vid den andra änden och smuttade på ett whiskeyglas. Runtom honom satt människor och åt. Musiken spelades på en låg nivå och doften av välstekt planka omringade rummet då en servitör passerade förbi med beställningarna bakom honom. Klockan var visserligen bara runt åttatiden och Jason visste mycket väl att haket inom någon timme skulle förvandlas till stadens mest välbesökta nattklubb. Han fuktade strupen med ännu en klunk. Huvudvärken gjorde sig påmind då han inte använt några värktabletter förutom en Alvedon efter läkarbesöket. Han sjönk in i tankarna på den vackra sjuksköterskan Lisa Bendt.

Två händer föstes över hans ansikte, bakifrån och dolde hans ögon med dess flator. Under någon sekund spred sig en panik inom Jason. Minnen från kriget passerade förbi i ljusets hastighet. Om det inte varit för orden som viskades i hans öra så kunde det mycket väl ha artat sig i tumult.

– Gissa vem?

Jason skrattade, drog bort händerna och vred sig om på barstolen.

– Micke, din tönt, log han. Du är dig lik.

Efter utdelad omfamning satt sig Mikael ner bredvid honom, beställde in två nya stora starka och insisterade i den obligatoriska första skålningen.

Jason skakade på huvudet medan han såg på hur Mikael torkade bort skummet från den glesa mustaschen. Han var sig lik. Det fräkniga ansiktet, den glesa ansiktsbehåringen och det orangeflammande svallet. Han hade aldrig varit någon skönhet. Inte ens det minsta vacker men ingen brydde sig och allra minst Mikael själv. Dock fanns det få människor med denne mans livslust. Jason må ha utseendet på sin sida men som han alltid avundats Mikaels syn på livet och hans lekande lätta sätt att få dagarna att flyta i goda lagars dagar. Han hade helt enkelt all den charm som behövdes för att man skulle se förbi det övriga.

En svart skjorta vilade ledigt runt hans överkropp och hängde ner mot de bleka jeansen. Inte ett smycke fanns att se. Ingen halskedja, inget örhänge, inget armbandsur. Ingenting. Han brydde sig helt enkelt inte om det yttre och hade så heller aldrig gjort.

– Så, sa Micke, sitter kulan kvar?

Jason log brett och skakade sedan på huvudet.

– Jag har den som suvenir hemma, svarade han kaxigt.

– Jaså du?

– Javisst. Jason tog en ny klunk. I hyllan bredvid min Tapperhetsmedalj.

Micke skrattade.

Jason log. Förvisso var det sant. Projektilen låg på hyllan hemma bredvid den Tapperhetsmedalj han mottagit av den Amerikanska Presidenten för sina utförda tjänster i den allierade överenskommelsen. Huruvida Mikael tog hans ord på allvar eller inte lät han denna kväll passera i blindo.

Mikael såg sig omkring. Lokalen hade börjat befolka sig och alla matrester och middagsgäster var antingen vid baren eller så hade de lämnat över till den festsugna ungdomseliten.

– Så, sa Mikael och slickade sig om läpparna, vem får äran att följa med hem?

Jason log medan han såg sig omkring. Ingen, tänkte han. Medan han vände sig mot baren, lyfte glaset och förde det mot munnen såg han i ögonvrån ett bekant ansikte i baren mittemot. Han sänkte glaset och log. Det bekanta ansiktet gjorde nu samma upptäckt och log lika brett tillbaka.

Kanske ändå, tänkte han. Kanske att en lycklig får följa med hem.

KAPITEL 8

LISA BENDT drog linnet över huvudet. Jason log medan hans ögon vandrade över den späda kroppen. Troslinningen hamnade på sniskan över den välformade bakdelen medan hon kastade linnet på den gamla trästolen. Han kunde se hur ryggmusklerna spände sig medan hon förde armarna bakom ryggen och upp mot knäppningen på BH-bandet. Hon vaggade sakta med bakdelen medan händerna knäppte upp det sista klädesplagget som täckte över de fasta brösten.

Jason satt på sängkanten. Oförmögen att röra sig. Stirrandes. Med vidöppen mun studerade han den fantastiska skapelse som dansade framför hans ögon. Så vacker, tänkte han och slickade de redan fuktade läpparna.

– Din tur, sa Lisa medan hon vände sig mot honom.

Jason log och reste sig upp. Jag tänker då fan inte dansa, tänkte han. Sakta knäppte han upp knapparna på sin svarta skjorta. Lisa studerade noga medan hans vita linne uppenbarade sig bakom skjortan. Hon bet sig i läppen medan han drog bort skjortan från de breda axlarna och lät den falla till golvet. Den lilla sänglampan kastade sitt sken över de tatuerade överarmarna. Han såg på henne och log.

– Fortsätt, log hon tillbaka och höjde ögonbrynen.

Han skakade på huvudet och skrattade för sig själv medan han drog linnet över huvudet. Håret föll framåt medan linnet passerade och han drog handen igenom det varpå hans muskler spände sig på armen.

Lisa höll tummen mot underläppen och oförmögen att blinka såg hon hur Jason knäppte upp knappen till de mörka jeansen. Långsamt föll de nerför låren och blottade de svarta boxershortsen. Han trädde av byxorna och tillsammans studerade de varandras kroppar. Då var den delen klar, tänkte Jason.

Lisa höjde ögonbrynen, skrattade och skakade på huvudet.

– Vad? log Jason osäkert.

Lisa suckade.

– Varför glömmer alltid killar att ta av strumporna?

Jason såg ner på de vita tubsockorna, såg sedan på Lisa och bet ihop tänderna i ett besvärat ansiktsuttryck.

– Osexigt? frågade han.

Lisa nickade och visade mellan tummen och pekfingret.

– Kanske lite, svarade hon och log.

Jason studsade på ett ben medan den första sockan slets av. Sedan den andra. Han kastade in den i hörnet av rummet och såg sedan på Lisa.

– Bättre?

Lisa skrattade.

– Mycket bättre. Nu, av med kalsongerna.

Jason log och lät sedan det sista plagget falla till golvet.

Lisas ögon spärrades upp och man kunde se lusten i hennes blick medan hon bet sig i läppen. Ta mig, tänkte hon. Ta mig nu.

Jason skakade medan han omfamnade Lisa i en kyss. Hans händer darrade medan de vandrade över hennes skuldror och ner över det nakna ryggslutet. Han kunde känna hennes styvna bröstvårtor mot sitt mellangärde medan hon ålade sig i hans famn. Med ett stadigt grepp om hennes skinkor och med hennes armar runt hans nacke lyfte han henne varpå hon slog benen i gränsle runt hans midja. Hon stönade och andades tungt med vidöppen mun medan hennes ögon mötte hans. Sakta men stadigt bar han henne till sängen. Hon log medan han la ner henne på den mjuka bädden.

Hon ålade några decimeter upp för att få huvudet på kudden. På varsin sida om sängen lyste de två sänglamporna. Jason satt sig ner på sängkanten och studerade beundrat hennes vackra kropp. Varje linje av den avklädda kroppen så förtrollande. Från de fantastiska benen och de inbjudande låren till den smäcka magen och de fantastiskt välformade och utsökta brösten.

Det var alldeles för länge sedan han haft sexuellt umgänge. Senaste gången han var intim var med Mia. Han kunde inte minnas när det var men länge sedan var det. Dock fanns inte Mia i hans tankar. Kvinnan framför honom, som nu särade på låren i en inbjudande gest, konkurrerade ut varje tanke han haft om Mia. Han log mot henne och flyttade sig sedan in mot mitten av sängen.

Hon följde hans blick medan han greppade ett fast tag om hennes lår, la sedan huvudet bakåt mot kudden och gav ifrån sig ett svagt stön då hans tunga mötte hennes underliv.

Sedan hon såg honom i väntsalen på sjukhuset. Den muskulösa kroppen och det skäggstubbiga ansiktet. Alla tatueringar och hela hans Bad Boy-look. Inte en sekund hade passerat utan att han dominerat hennes tankar resten av dagen. När han sedan under deras pratstund avslöjat att han skulle ge sig på att utmana sig själv med några öl på krogen i vänners glada sällskap hade hon inte kunnat låta bli. Och nog var hon glad att hon gjorde det beslutet.

Intensivare och intensivare blev hennes andning medan Jasons tungrörelser antog en högre fart. Hon skakade med det högra benet medan hennes händer tog ett krampaktigt tag om täcket. Hon slöt sina ögon och bet ihop tänderna så de ilade i käken.

–Snälla, snälla, sa hon och lade handen på hans huvud.

Jason såg upp på henne.

– Gör jag fel?

Hon skakade i hela kroppen och tog några snabba andetag för att lugna ner hjärtrytmen.

– Nej, stammade hon. Du gör lite… lite för rätt.

Han såg undrande på henne.

– Jag vill inte komma utan dig.

Jason skrattade försiktigt.

– Det ska du inte behöva, log han tillbaka.

– Kom hit, sa hon och reste på sig. Lägg dig.

Jason gjorde som han blev tillsagd. Med huvudet vilande på kudden lät han henne sätta sig gränsle över honom, lät hennes hand fatta ett grepp om hans penis för att sedan låta den glida in i henne.

Så länge sedan, tänkte han medan hon började stimulera honom genom livligt svankande. Och med den vackraste jag någonsin sett.

– DEN då? frågade Lisa och pekade på dödskallen på hans underarm.

Jason lyfte vänsterarmen och såg fundersamt på tatueringen av en dödskalle med en slingrande orm genom dess tomma ögonglober.

– Bra fråga, sa han. Den har nog ingen större innebörd.

Efter att just ha avslutat ett massivt sex-marathon, eller åtminstone kändes det så för Jason som varit utanför spelet under en väldigt lång tid, så fann Lisa det intressant att fråga ut Jason om alla hans kroppsliga konstverk.

– Och den? Hon pekade på en med texten *Only God can judge me.* Är du troende?

Han log.

– Nej, inte det minsta. Med tanke på de plaster jag upplevt och alla de saker jag sett kan det omöjligt finnas en Gud. Ingen högre makt kan låta de sakerna ske.

Hon såg sorgset på honom. Den otroligt vackra kvinna som nu vilade på hans arm. Hennes bröst vilade mot hans revben. De var aningen mindre än Mias om än fastare. Så länge sedan han varit intim med någon kunde han knappt fokusera på annat än den nakenhet som låg alldeles intill honom. Jävlar, tänkte han. Om man ändå hade fotografiskt minne.

– Det där då?

Hans tankar avbröts av hennes fråga och pekande på ett ärr på hans bringa. Någon sekunds tystnad följde.

– Jag var sexton, började han. En kväll på ungdomsgården.

När han sedan tystnade vred hon sin blick mot honom.

– Vad hände?

Jason såg på henne och log.

– Jag och en snubbe hamnade i bråk. Jag hade sedan en tid tränat på gym och var mycket starkare så självklart var det ingen större match.

Lisa log.

– Det kan jag tänka mig, sa hon och klämde på hans spända biceps.

Jason skrattade.

– Så stor var jag inte. Snubben försvann men kom sen tillbaka med sina polare. Bland annat sin äldre bror. Jag spelade tuff såklart.

Han tystnade någon sekund.

– Men när brodern förstod att även han hamnat i underläge drog han fram en kniv.

Lisas leende försvann.

– Men som tur var snittade han mig bara över bröstet. Jag släppte honom förstås och hela gänget kunde springa därifrån.

Lisa reste sig och såg allvarligt på honom.

– Som tur var?

– Ja, svarade han. Tänk om han valt att hugga istället.

Lisa såg tankfullt på honom.

– Du har varit med om en del va?

Jason nickade.

– Vem har inte det?

Lisa la huvudet på hans arm igen.

– Du anmälde honom va? sa hon trött och slöt sina ögon.

Jason bet sig i läppen och dröjde med svaret.

– Eller?

– Ja, ja, svarade han. Det är väl klart.

Han stirrade i taket och bet vidare på läppen. Inte kunde han väl berätta hur han och hans kompisar sökt upp personen enbart för att binda fast denne och med hjälp av en rostig tång bryta loss flertalet tänder som en souvenir?

Jag kommer aldrig kunna känna stolthet över det liv jag levt, tänkte han och följde Lisas spår genom att sluta sina trötta ögon och falla i dvala.

KAPITEL 9

I STOCKHOLM sken solen ner över den vackra omgivningen runt Lidingös Golfbana. Bengt Westerberg spenderade sin lediga förmiddag med en golfrunda tillsammans med Justitieminister Carl Hermansson. Klädd i rutig shorts, en blå Piké-tröja, keps och vita Sneakers torkade han järnsjuan med en trasa medan Carl svingade iväg utslaget för hål nummer nio.

– Jävlar, den drar åt höger, grinade Carl och skakade irriterat på huvudet.

Bengt log och gottade sig åt att troligen få behålla sin ledning.

– Du kanske skulle använda järnklubborna i alla fall, skrattade han.

Carl besvärade sig inte ge ett svar till Bengts självgoda psykning utan drog skyddet över drivern och stoppade tillbaka den bland de andra klubborna i bagen.

– Hur är det med Jason? frågade han medan de vandrade ut på fairwayen.

Bengt torkade svetten ur pannan och rättade till bagremmen över axeln.

– Jag tror det går bra.

Han funderade tyst.

– Åtminstone så länge ingen ställer till det för honom.

Carl nickade.

– Det är bra. Hoppas det kan fortsätta på det spåret.

Bengt såg på Carl och funderade innan han nickade instämmande.

– Armén är inget alternativ längre.

Carl förstod.

– Nej, jag har förstått det.

De båda var tysta medan de närmade sig Carls boll. Han ställde ner bagen, tog ut järn-nian och ställde sig i position.

– Vi får hålla honom under ett vakande öga, sa han och svingade iväg bollen.

Bengt följde bollens bana i luften tills dess att den landat femtio meter längre bort och såg sedan på Carl, skakade på huvudet och suckade.

– Du vet mycket väl, sa han. Om ens det minsta ger tändvätska till denna eld så kommer helvetes Skärseld få massiv konkurrens.

Carl såg med oro om än med en aning rädsla på

Bengt.

– All möjlig tändvätska måste elimineras, om än undvikas.

Bengt nickade instämmande.

– Jag har det under kontroll.

Med lätta steg vandrade de över det gröna gräset.

– Jag tänker såhär, sa Carl väl framme vid sin boll. Han stod sedan fundersamt medan han synade klubborna. Noggrann med att välja den rätta för att nå fram till greenen. Bengt stod tyst och inväntade nästa del i den mening Carl påbörjat.

– Jo, fortsatte han och valde järntrean. Jason behöver en ny uppgift. Någonting som vi kan övervaka.

Han höjde klubban och svingade den sedan. Svingen var visserligen väl utförd men bollen landade slutligen tio meter bortom greenen. Carl skakade irriterat på huvudet medan Bengt gjorde allt för att dölja sin skadeglädje.

– Hursomhelst, fortsatte Carl och stoppade våldsamt ner klubban i bagen. Vi borde hitta ett område där vi kan använda Jason.

Han kastade upp bagen över axeln.

– Och där han kan använda sina kvalitéer på bästa sätt.

KAPITEL 10

JASON SLOG upp ögonen. Morgonsolen gjorde sina tappra försök att borra sig igenom den mulna himlen medan åsksmällarna avlöste varandra. Ännu en dag med åska, tänkte han och gnuggade ögonen. Under gårdagen slog blixten ut gårdens television och dagen innan det hade granngården en mindre brand efter att blixten klyft ett träd itu. Men det regnar åtminstone inte. Det var åttonde dagen sedan han lämnat sjukhuset och han kände själv hur han gjorde framsteg. Huvudvärken var inte längre lika påtaglig och yrseln var så när som på försvunnen.

Försvunnen var också Lisa Bendt. Han låg en stund och funderade på den vackra skapelse som delat natten med honom. Han mindes att hon vid något tillfälle under morgon väckt honom för att berätta att hon behövde åka hem. Fortfarande med en hög alkoholnivå i blodet hade han mumlat till svars och sedan somnat om. Varför eller hur hon tog sig hem visste han inte. Men att hon hade en ängels utseende med en sexlust värdig en besatt demon det visste han nu.

Trött och sliten tog han sig ur sängen. Naken gick han genom rummet och ut i hallen. Förmiddagssolen sken in genom fönstren och lyste upp de solblekta golvplankorna. Trots en nu glömd alkoholmängd under kvällen kände han sig till trots oförtjänt välmående. Huvudvärken var mer från krigsskadan men den var mer däven än tidigare.

Duschstrålarna löddrade upp schampot medan han tvättade det svarta håret. Leende stod han sedan insvept i en vit handduk slarvigt hängande runt midjan och borstade tänderna framför spegeln. Inga tankar på krig. Inga tankar på Mia. Inga tankar på Martin och Juha. Ingen död. Inga svek. Lisa Bendt. Hon var den enda som ägnades en tanke denna morgon.

Ett svart linne och jeansshorts fick duga som klädval denna förmiddag. Äggröra och mjölk fick duga som sen frukost. Till bords lyssnade han enligt rutin på radion. Någon större musikfanatiker hade han aldrig varit men tyckte om att ha ljudet på i bakgrunden. En gammal dänga med Elvis Presley fick visserligen hans fötter att steppa i takt mot golvet medan han avslutade den sista tuggan av äggröran.

Efter att han diskat upp packade han sin träningsväska. Då krogrundan gått över förväntan och nattens sexakt varit mer fysisk än något han tagit sig för sedan militärtjänsten i juli kände han sig nu redo för en omgång på gymmet. Med en bak och framvänd keps i svart och med mörka solglasögon låste han ytterdörren, kastade in väskan i baksätet på den gamla Volvon och rivstartade ut från den grusiga uppfarten.

PÅ NYKÖPINGS Lasarett gick en leende Lisa Bendt in på fikarummet.

– Hej, sa hon till de två kollegor som satt vid det runda bordet innan hon hällde upp en rykande kopp kaffe.

De två sköterskorna såg länge efter henne där hon med sitt leende rörde ner en skvätt mjölk. De såg sedan på varandra och log. Lisa gjorde dem sällskap.

– Så, sa den ena något äldre sköterskan. Vad är det med dig?

Lisa log, skakade hemlighetsfullt på huvudet och rykte på axlarna.

– Inget särskilt.

Den andra sköterskan såg fundersamt på henne, ställde ner sin kopp och pekade med fingret mot Lisa.

– Jag vet nog, sa hon.

Lisa såg upp, log och höjde ögonbrynen.

– Det är det där muskelpaketet från igår, eller hur?

Lisa rykte åter på axlarna och rörde med skeden i kaffet.

– Det är det, brast sköterskan ut. Way to go, girl!

Lisa skrattade.

– Vilket muskelpaket? frågade den äldre sköterskan som inte arbetat dagen innan och därför missat den muskelsprängda ex-militärens rutinbesök.

Den yngre såg på Lisa.

– Berätta nu, sa hon. Och lämna inga snuskiga detaljer utanför.

Lisa log.
– Ja herregud, sa hon. Vart ska jag börja?

KAPITEL 11

"Larmet inkom till Räddningstjänsten i Nyköping vid tjugotvåtiden. Upplysningen gjorde gällande ett brinnande fordon utmed riksväg 52. När Räddningstjänsten kom till platsen släcktes branden och Polisen på plats har påbörjat en förundersökning. Polisens pressansvarige uppger att ingen människa kommit till skada och att man nu eftersöker eventuella vittnen till händelsen. Man har in nuläget ingen misstänkt och har ännu inte rubricerat händelsen som något brott".

– Sveriges Radio P4 Sörmland

KAPITEL 12

JASON RESTE sig ur sängen och satte fötterna mot trägolvet, sträckte på sig och lät de muskulösa armarna stretcha ovanför huvudet. Klockan på väggen visade på kvart i åtta medan han masade sig in mot köket. Mia dominerade hans tankar medan han rörde runt den puttrande havregrynsgröten och lyssnade till hur det nybryggda kaffet sipprade ner i kannan. Det var lördag och Lars hade försäkrat honom om att det inte fanns några sysslor att utföra. Visst förstod Jason att Lars och Eva såg efter hans bästa och ville att hans tillfrisknande skulle prioriteras. Kanske, tänkte han, kanske att man skulle hälsa på henne?

Anledningarna till att inte göra det var många men av någon anledning kände han ett behov av att åka över till henne. Varför visste han inte? En känsla sa honom att han borde göra det.

Han åt gröten djupt försjunken i den underliga

känslan.

EFTER NOGA övervägande svängde Jason in sin Kawasaki bakom Mias Volvo på uppfarten. Han vred av motorn, fällde ner stödet och rätade på sig. Länge sedan var det som han känt vinden i ansiktet medan han glidit med hög fart på en motorcykel. Han hade nästan glömt hur fri det fick honom att känna sig.

Han knäppte upp hakremmen och tog av sig hjälmen, hängde den över styret och klev av sätet. Han var klädd i t-shirt, jeans och kängor. Vid en eventuell olycka skulle han troligen slita sönder hela sin kropp mot asfalten men han brydde sig inte om det. Han ville känna sig så fri som möjligt och om det innebar att vara lättklädd för att känna vinddraget så kunde inget hindra honom.

Han såg mot dörren på det faluröda huset. Även detta hus såg precis ut som det gjort när han lämnade det bakom sig. Även om det nu bodde en annan man där. Han skakade på huvudet, tvekade en stund men gick sedan uppför betongtrappan till den blå ytterdörren och knackade på.

Eftermiddagssolen stod lågt bakom de mörka molnen och sken bara igenom med ett fåtal strålar.

Sekunderna passerade men ingen kom till dörren.

Han knackade fundersamt igen. Väntade. Men ingenting.

Ingen kom. Inga steg på andra sidan hördes. Ingenting.

Han suckade.

Visserligen var en av bilarna borta. Kanske var de ute? tänkte han. Känslan som funnits hos honom under dagen var ännu lika stark och han kände sig inte redo att vända om och åka tillbaka. Han knackade igen.

Ingenting nu heller.

Han drog ett djupt andetag, närmade sig handtaget och tryckte det neråt. Dörren klickade och han drog den sedan mot sig.

– Hallå? ropade han. Mia?

Men inget svar. Han tog några steg in i hallen och ropade igen. Inga tecken på liv. Vad fan, tänkte han och såg sig omkring. Huset verkade livlöst dock orört. Inga tecken på fysiskt våld, inga omkullvälta möbler.

Kanske är de bara ute, tänkte han och funderade på att bege sig därifrån.

Efter några minuter var han inne i köket, sista rummet att inspektera. På det runda träbordet låg en lapp. Han såg på den slarviga texten, tog sedan upp den och läste mer noggrant. Meddelandet fick honom att rygga bakåt. Chockerad och stum.

Du svor på dina barn!

Vad fan ska det betyda? frågade han sig. Vem har svurit vad?

Han såg sig omkring. Var det en hotelse? Var det så att de hade flytt? Var det kanske därför en bil var borta och huset stod olåst?

Han såg sammanbiten ut medan han granskade pappersbiten i handen.

Åh, Mia, tänkte han. Vad har det där svinet nu dragit in er i?

DE TVÅ milen och tjugo minuterna det tog att åka tillbaka till Jan och Evas gård kändes som en evighet. Tankarna snurrade i huvudet och han förstod nu varför känslan varit så påtaglig under dagen. Kanske var det här anledningen till att Mia besökt honom på sjukhuset? Kanske stod inte allt rätt till redan innan och nu var det kanske försent? Han ville inte tänka i de banorna.

Väl framme vid huset parkerade han motorcykeln framför huset, kastade av sig hjälmen i hallen och fiskade upp sin telefon ur fickan. Signalerna ljöd i luren men ingen svarade i den andra änden. Han skakade på huvudet, lade på samtalet för att sedan trycka på återuppringningen. Återigen inget svar.

– För i helvete Bengt, skrek han i telefonsvararen. Ring upp!

Han la på, lutade sig mot väggen och sjönk ner på golvet.

Satans jävla skit, tänkte han.

KAPITEL 13

BENGT WESTERBERG fuktade strupen med de sista dropparna av whiskeyn. Han reste sig sedan och tackade Justitieministern och dennes fru för en fantastisk kväll och lämna sedan bostaden för att invänta den beställda taxin ute på gatan.

I hissen tog han upp sin telefon ur rocken och gick igenom de missade samtalen. Jason? tänkte han och satte luren mot örat. Sex missade samtal?

På Jasons skärrade röst kunde Bengt utläsa att något hade hänt. Han höll telefonen mot örat trots det faktum att inkorgens röstmeddelande tystnat för länge sedan och hissen hade för flertalet sekunder sedan saktat in och stannat på entrévåningen. Han stirrade bara framför sig medan hissdörrarna öppnades för att något senare stängas igen.

JASON ROSS stirrade på telefonen på köksbordet. Det bryggda kaffet hade hunnit kallna i koppen framför honom. Han satt sammanbiten och såg som besatt ner på den svarta blänkande skärmen. Klockan på väggen hade passerat midnatt och det hade gått timmar sedan hans senaste försök att nå Bengt.

Landets säkerhet? tänkte han och fnös. Man kan ju inte ens nå högsta hönset på hans privata telefon.

Han hann knappt avsluta tanken då signalen ljöd och Bengts namn lystes upp på skärmen. Han slet åt sig telefonen och höll den mot örat.

– Va fan, Bengt!

– Trevligt, svarade Bengt. Hälsar du på alla så?

Jason skakade på huvudet och reste sig från stolen.

– Skippa fraserna, sa han. Vart har du hållit hus?

– Om du måste veta, svarade Bengt sluddrigt. Jag har varit på middag hos de så kallade höjdarna.

Aha, tänkte Jason. Det övre samhällsskiktet.

– Är du full?

Bengt skrattade.

– Det hoppas jag.

Idiot, tänkte Jason.

– Då får du fan ta och nyktra till, jag behöver din hjälp.

Bengt satt tyst i den andra änden.

– Hallå?

Bengt suckade.

– Vad har hänt?

– Det är Mia, sa Jason och vandrade fram och tillbaka i det dunkla köket.

– Alltså ni två, suckade Bengt. Vad har hon gjort nu?

– Hon är borta.

Bengt var tyst en stund.

– Är du också full?

– Va? sa Jason irriterat.

– Ja, hon är borta men du kan vinna henne tillbaka. Jag sa ju det i bilen...

Jason suckade. Bengt var tydligen inte i sitt sinnes fulla bruk för att kunna hantera ett vanligt samtal. Jävla helgalkoholist, tänkte han.

– Inte det! sa han. Jag var hemma hos henne tidigare. Det fanns ingen där. Huset var olåst och hennes bil stod på uppfarten. Hon svarar inte i sin mobil och inte hennes avskum till pojkvän heller.

– Så? De kanske inte vill bli störda?

Jason var på vippen till att förlora tålamodet men höll sig i schacket.

– Det fanns ett meddelande på köksbordet. En lapp...

– Vad lyder det?

Jason stod tyst en stund. *Vad* lyder det? Hur full är han? *Hur* lyder det, heter det enligt svensk grammatik. Han skakade på huvudet.

– Du svor på dina barn.

En tystnad följde.

– Okej, jag lyser henne och återkommer till dig.

– Tack!

Jason la ner telefonen på bordet. Mer väntan, tänkte han.

KAPITEL 14

BENGT WESTERBERG vred sig i den varma skinnsoffan. Solen lyste in genom persiennen och hettade upp det svarta skinnet. Hans huvud värkte och andedräkten gjorde inga försök att dölja eftersmaken av varken whiskyn eller konjaken.

Dörrknackningarna som väckt honom gav inte heller de några tecken på att upphöra.

– Bengt? hördes en dov röst i korridoren.

Han blickade bort mot kontorsdörren.

– Kom in! ropade han med hes whiskeystämma.

Dörren öppnades och Kriminalinspektör Johanna Åhlén uppenbarade sig därefter. Bengt kämpade en stund för att få upp kroppshyddan i en sittande ställning.

– Vi har lite uppgifter, sa Johanna och höll upp några papper i sin hand.

Bengt nickade medan han gnuggade fingrarna mot

tinningen.

– Kan du öppna fönstret? frågade han och gäspade.

Johanna såg mot fönstret, la papperna på bordet och trippade bort mot fönstret. Hon var likt alla andra dagar klädd i svarta jeans, vitt linne och en tunnare jacka i fejkat skinn. Det långa blonda håret hände i en hästsvans ner över skuldrorna. Hon hade alltid varit mer av en pojkflicka och höll under flera år på med fotboll och var i dag aktiv inom Karate som ungdomstränare för flickor.

Näste man in genom dörren var Johannas kollega Kriminalinspektör Jonas Jakobs. Han tittade på den omtumlade mannen som lidande gnuggade sin pannglob i soffan.

– Jaså chefen, sa han och steg in på kontoret. Har vi sovit gott?

Bengt såg upp på honom men besvärade sig inte att svara. Istället tog han de papper Johanna lagt på bordet, lutade sig tillbaka i den svarta skinnsoffan, satte de runda glasögonen över nästippen och skummade igenom dess innehåll. Där fanns en bekräftelse på en efterlysning av en Maria Sandén samt hennes barn. Men det var ett annat dokument som fångade hans uppmärksamhet. Han satt tyst en stund och såg sedan upp på Johanna Åhlén.

– Ett brinnande fordon? frågade han.

Johanna nickade.

– Det är sammankopplat, svarade Jonas. Eller

åtminstone kan det vara så.

Bengt såg på honom.

Jonas, som tidigt på morgonen tränat på stationens gym, hade fortfarande de svettiga grå träningsbyxorna på sig och en t-shirt med polismärket tryckt på bröstet. Det mörka håret som annars var kammat i en snedbena låg nu rufsigt och vått på hjässan.

– Jag lyssnar, sa Bengt och tog av sig glasögonen.

– Fordonet är en Nissan Qashqai av årsmodell 2007, svarade Johanna.

Bengt vred blicken mot Johanna borta vid fönstret.

– Och?

– Och ägaren, fortsatte Jonas varpå Bengt fick vrida sin blick igen. Fordonet tillhör en Patrik Jansson.

Nu föll polletten ner hos Bengt. Det var värre än han tidigare trott.

– Patrik Jansson är skriven på samma adress som kvinnan du ville ha en lysning av, fortsatte Johanna.

Bengt nickade.

– Jag vet vem han är, svarade han.

Han satt tyst en stund medan hans kollegor såg på honom och sedan på varandra med undrande blickar och ryckande på axlarna.

– Okej, sa han tillslut. Du Johanna, du ordnar en lysning på Patrik.

Johanna nickade och försvann mot dörren.

– Och du Jonas, du försöker kartlägga deras senaste dygn. Kontoutdrag, samtalslistor, rubbet.

– Okej Chefen.

– Och ni, sa Bengt. Ni rapporterar till mig och ingen annan, okej?

Johanna och Jonas såg på varandra och sedan på Bengt och nickade innan de försvann ut genom dörren.

När de väl var ute i korridoren såg Johanna på Jonas.

– Sen när blev sådant här hans uppgift? sa hon.

Jonas skakade på huvudet.

– Måste vara något privat.

Bengt själv sjönk ihop i soffan och stirrade på morgonsolens strålar genom fönstret. Fan, tänkte han. Är detta den tändvätska han behöver? Han gillade inte Carl Hermanssons idé om hur man kunde använda Jason och detta kunde tända en gnista även i korridorerna på Rosenbad.

I DET lilla huset på Jan och Evas lantgård hade Jason Ross inlett morgonen med träning. Efter en kortare löprunda låg han nu på golvet och pressade situps. De väl synliga magrutorna arbetade hårt medan svetten rann över den nakna överkroppen. För att vara den första fysiska aktiviteten sedan olyckan, ja om man nu räknade bort natten med den vackra sjuksköterskan Lisa Bendt, så kände han sig inte allt för ringrostig. Kanske berodde det mycket på hans envishet och förmåga att tränga undan smärtan.

Efter en sval dusch stekte han ihop en äggröra,

kombinerade det med lite grönsaker och ett glas juice. Han avnjöt det hela i soffan framför tv:n när det knackade på dörren. Han tittade fundersamt bort mot hallen, ställde ifrån sig tallriken och reste sig.

– God morgon, sa Eva Elias medan hon rättade till solhatten.

Jason log mot henne.

– God morgon Eva, sa han.

Han vände sig om och tog några steg in i hallen. Eva följde efter och stängde dörren efter sig.

– Vilket väder vi har idag.

Jason nickade instämmande mot henne.

– Nej, nej, sa han och hindrade hennes stapplande försök att ta av sig sandalerna. Ha dem på dig, det är okej.

Eva såg en aning lättat ut och log.

Hon var en kort och tanig dam med vitt stripigt hår. Det rynkiga ansiktet lyste av vänlighet vid varje leende. Man kunde se att andningen var en aning besvärlig vilket troligen berodde på det fuktiga vädret.

– Vill du ha kaffe? frågade Jason.

– Ja tack, svarade hon. Men bara en halv kopp. Jag har redan hunnit med två koppar på morgonen förstår du.

Jason log, hällde upp en halv kopp i köket och bad henne stiga in i vardagsrummet. Eva slog sig ner i den vita fåtöljen och tog med skakig hand emot den rykande kaffekoppen.

Jason satt sig åter i soffan.

– Ät färdigt du, sa Eva. Frukost är den viktigaste måltiden. Det har jag fått höra under hela mitt liv.

– Det kan nog stämma, svarade Jason och tog en skopa av äggröran.

Eva sippade i sig en klunk av kaffet.

– Jaha, sa hon sedan. Du har kommit i ordning?

Jason nickade och svalde undan tuggan.

– Visst har jag det.

Eva log med hela ansiktet innan hon sippade en ny klunk. Sedan såg hon på Jason och skakade på huvudet.

– Det är hemskt det som hände.

Hon pekade mot sin egen tinning.

– Det ska inte vara en massa krig och dumheter.

Jason skrattade till.

– Nej du, jag håller fullständigt med dig.

Eva såg en stund bort mot äppelträdet utanför fönstret.

– Vart tog den där vackra kvinnan vägen? frågade hon.

Jason avbröt sin måltid och såg mot henne.

– Du vet, sa hon och mötte hans blick. Den där söta med barnen.

Jason log.

– Du menar Mia?

– Ja så hette hon.

Jason skakade på huvudet.

– Hon kom på bättre tankar, svarade Jason och fortsatte med äggröran.

Eva ställde ner koppen på glasbordet.

– Du min unge man, sa hon med sträng stämma. Kunde hon inte se godheten i en pojke som du så är hon inte värd det. Och hör sen.

Jason log och nickade.

– Så är det kanske.

– Åh nej, sa hon och tog åter upp kaffekoppen. Inga kanske.

EFTER EVAS besök ringde Jason upp Bengt Westerberg på dennes kontorstelefon.

– Något nytt?

Bengt suckade och svarade nej.

– Vilka har du satt på det? fortsatte Jason.

– Johanna Åhlén, svarade Bengt och berättade vidare. Jason lyssnade noga och analyserande om Johanna Åhlén. Den trettiotre åriga kriminalinspektören som sedan fem år tillbaka arbetat under kriminalkommissarie Håkan Gerhardssons ledning. Enligt Bengt en mycket begåvad och analytisk inspektör.

– Blond, ganska tränad... fortsatte Bengt innan Jason avbröt honom.

Han var inte intresserad av inspektörernas yttre.

– Och vem mer? frågade han.

Bengt berättade vidare om Jonas Jakobs som med sina trettiosex
år hunnit med hela åtta år på Gerhardssons avdelning. Jason lyssnade utan att vara särskilt imponerad av vad han hörde.

Visst, han kunde känna respekt för polisen men visste att det, avsett prioritet, skulle kunna komma att ta tid innan försvinnandet fick något ljus över sig.

– KOM in, ropade Bengt Westerberg som svar på Johanna Åhléns dörrknackning.

Hon steg in och ställde sig framför honom vid kontorsbordet.

– Patrik Larsson är nu lyst i hela landet.

– Bra, svarade han. Nått annat?

Johanna tvekade en stund.

– Du har inte, sa hon och pausade.

Bengt avbröt sitt läsande och såg på henne.

– Alltså, fortsatte hon. Så här brukar vi inte arbeta.

Bengt nickade och lutade sig tillbaka. Han såg fortfarande onykter ut med skjortan slarvigt knäppt och rynkig, utan varken slips eller nedstoppad i kostymbyxorna. Och de mörka påsarna under ögonen avslöjade en natt i festens tecken.

– Kvinnan är en bekant till mig, svarade han. Eller egentligen en bekant till en vän till mig.

Johanna nickade.

– Därför är det av högsta vikt att vi får tag i henne.

Han studerade Johanna ansikte.

– Alltså är detta ett delvis privat ärende.

Johanna nickade igen och verkade nöjd med svaret. Hon vände om och gick mot dörren men vände sig sedan om igen.

– Jo just, sa hon. En patrull är på väg till deras hus.

Bengt nickade mot henne samtidigt som Jonas Jakobs dök upp i dörren.

– Jo chefen, sa han och fångade Bengts uppmärksamhet. Sista samtalet från Marias mobil var i deras bostad klockan 20.18 i fredags och ingen aktivitet på hennes konto sedan i torsdags.

Bengt nickade. Alltså innan det att Jason besökte huset, tänkte han.

– Och Patriks sista samtal, fortsatte Jonas. Det var i igår klockan 21.32 och ska ha gått via en mast i närheten av Oxelösund.

– Okej, sa Bengt. Nått mer?

– I nuläget verkar båda deras mobiler vara ur bruk.

Såklart, tänkte Bengt.

– Bra jobbat, fortsätt så.

De båda inspektörerna vände om.

– Och skicka en patrull till Oxelösund. Se om de kan identifiera någon av dem däromkring.

Johanna och Jonas nickade och försvann i dörren medan Bengt tog telefonen i handen och knappade fram Jasons nummer på skärmen.

KAPITEL 15

Skuggan verkade ha stått där i en evighet medan moderns ögon verkade vägra att sluta sig. Bröderna satt tysta under sängen och vågade sånär andas. Nu kunde de urskilja blodet från sin skjutna mor bilda en mörk pöl runt hennes midja. Tårar bildades i hans ögon medan han såg på sin yngre bror. Denne vågade inte titta och hade sina ögon slutna och höll ett hårt grepp om sin äldre brors hand.

Skuggan tog några steg fram mot sängen och den döde modern. Stannade sedan upp och stod åter stilla. Huruvida den kände av brödernas närvaro i rummet eller inte eller om den helt enkelt inte brydde sig om ett par skrämda och chockade småpojkar, så blev dess beslut att lämna dem där.

Minuterna måste ha passerat väldigt sakta den natten. Tillsammans satt de två bröderna hand i hand med tårarna rinnande nerför kinderna och deras döda mors vakande ögon framför sig. Och det skulle komma att dröja innan någon kom för att väcka dem ur deras mardrömsdvala.

94

KAPITEL 16

JASON ROSS tittade på väckarklockan på nattduksbordet. Den visade på efter midnatt och han hade inget intresse av att försöka somna om. Han stirrade upp mot taket och funderade. Patrullen som besökte huset efter honom hade funnit Mias mobil på övervåningen. Sönderslagen. Enligt Bengts uppgifter så var det sista numret som Mia ringt just till Jason själv. Av någon anledning hann aldrig den första tonen nå ut men telefonmasten hade registrerat samtalet ändå. Det måste ha varit i samma ögonblick som telefonen krossades mot golvet, tänkte han. Hon försökte få tag i mig.

Patriks brinnande bil lämnade bara hemska gåtor bakom sig. Fanns Mia och barnen i den bilen? Vart försvann de i sådana fall efter det? Och vad gör Patrik i Oxelösund? Han kunde inte minnas att Mia någonsin nämnt något om Oxelösund. Jag får ägna mig åt vanliga polismetoder, tänkte han och sträckte sig efter sin telefon. Sociala medier.

Efter några klick på Facebook var han inne på Patrik Larssons vänlista. Hur nu det svinet kan ha några vänner, tänkte han. Han kom på sig själv med att känna en viss svartsjuka över det hela. Han kände knappt Patrik men från vad Mia berättat om hur han under deras förhållande släpade henne i håret, tilltalat henne som både hora och fitta samt det faktum att han gick till sängs med en av hennes bättre väninnor så kvalade han in på den lista över personer som inte stod högt i topp hos Jason.

Rickard Larsson, tänkte han. Patriks bror. Det mindes han. En ganska hygglig person som verkade vara långt ifrån allt vad Patrik var. Kan det vara, tänkte han. Enligt Rickards profilsida så bodde denne nu i Oxelösund, sedan tre månader tillbaka.

Såklart, tänkte han. Det måste vara därför samtalet kom därifrån. Hur fan kunde Bengts mannar missa det?

Han slängde ifrån sig mobilen, kastade av sig täcket och steg ur sängen. Klädde sig i jeansen som hängde över stolen bredvid och gick bort till garderoben för att ta ut ett rent linne. Magen kurrade medan att drog linnet över huvudet och han bestämde sig för att göra i ordning en smörgås innan han begav sig mot Oxelösund.

Efter att ha brett ut smöret och skurit upp en ostskiva satt han sig vid köksbordet med smörgåsen i ena handen och sin Ipad i den andra. Nummerupplysningen. Slog in namnet på brodern medan han tog en tugga av smörgåsen. Trädgårdsgatan 9, tänkte han. Bingo.

För att vara på den säkra sidan skickade han ändå iväg ett SMS till Bengt med den information han hittat. Sedan packade han ihop sin väska, tog hjälmen från hatthyllan, låste dörren efter sig och lät sin Kawasaki vråla ut i den fuktiga natten.

Hej! Hittade information om Patrik.
Hans bror Rickard bor i Oxelösund,
så ring mig när du ser detta.
Jason

Bengt Westerberg läste meddelandet som väckt honom ur hans sömn. Han suckade. Visst förstod han att Jason hade för avsikt att åka till Oxelösund och söka upp Patriks bror. Fan, tänkte han och tände sänglampan.

Bredvid honom började hans fru Stina vrida på sig.

– Vad är det med dig? frågade hon.

Bengt var redan ur sängen och rotade bland sina kläder.

– Med mig? svarade han. Med mig är det ingenting.

Han kämpade med att få på sig skjortan.

– Men med den där Jason.

Stina såg mot honom.

– Jason? frågade hon. Är det allvarligt?

Bengt skakade på huvudet.

– Inte än men känner jag honom rätt så kan det mycket väl bli det.

Efter att ha fått på sig kläderna kysste han Stina på kinden, släckte lampan och begav sig ut i köket. Väl där tände han upp det, laddade en kaffekapsel i Espressomaskinen, lät det rinna ner i koppen och tog den sedan med sig till bordet. Efter några klunkar ringde han och väckte Johanna Åhlén och Jonas Jakobs. Deras reaktioner på att bli väckta halv tre på morgonen lät inte vänta på sig men av någon oförklarlig anledning lyckades han få dem att möta honom nere på Polishuset inom en timme. Kanske spelade ett löfte om kompensation in men det var i sådana fall inofficiella uppgifter.

Han avslutade kaffet, gled ner i sina lackskor och lämnade sedan bostaden med siktet inställt på Polishuset. I hissen passade han på att slå en signal till Jason men som han förutspått så fick han där inget svar. Meddelandet som Jason lämnat var helt enkelt för att det skulle se bra ut och för att Bengt inte skulle kunna vända det mot honom sen.

Vad är det nu du har i görningen? tänkte han och skakade på huvudet.

JASON ROSS såg på skärmen men valde att inte svara

på Bengts samtal. Han hade just svängt in sin Kawasaki på en parkering i närheten av Trädgårdsgatan i Oxelösund. Staden låg i tystnad medan en dimma omslöt dess gator. Han vandrade längst trottoaren ner mot port nummer nio. Väl utanför tog han fram några instrument för att öppna portdörren. Ett knep som han lärt sig under sina ungdomsår då viss kriminalitet var ett återkommande inslag i hans liv.

Han var inte stolt över den delen av sitt liv men kunde samtidigt försvara sig med att hans uppväxt inte liknade den normala uppväxt en tonåring borde haft. Kriminaliteten var nog mer ett skrik på hjälp än något han hade tänkt ha som framtidsyrke.

Efter någon minuts trilskande med låset så kom tillslut det klickande ljudet. Han drog porten åt sig och såg sig sedan omkring. Gatan låg fullständigt öde. Han smet in genom porten och studerade tavlan som visade namnen på de boende. R. Larsson. Andra våningen.

Han gick uppför trappen och stannade till utanför dörren till R. Larsson. Stod en stund tyst och stilla och ringde sedan på dörrklockan. Han väntade. Ingenting. Han ringde på igen och väntade en stund till. Nu kunde han höra hur tysta fotsteg närmade sig den andra sidan av dörren. Sedan stannade de upp. Troligen stod där någon och såg på honom genom det lilla kikhålet. Någon minut passerade förbi och Jason förstod att personen på den andra sidan inte skulle komma att öppna dörren frivilligt. Okej, tänkte han, vände om och gick åter ner för trappan.

Väl utanför porten tog han sig runt huset, listade ut vilken balkong som tillhörde Rickards lägenhet och med det varma klimatet var majoriteten av balkongdörrarna på vid gavel, så även Rickards.

Medan han balanserade på balkongräcken och fönsterbläck så höll han det så stillsamt som möjligt. För ett ögonblick trodde han att han var påkommen då lyset i ett fönster tändes. Han höll andan några sekunder men andades sedan ut då det återgick till sitt mörker. Efter några minuter satt han ner fötterna på Rickards balkong. Han tog av sig ryggsäcken, hukade sig ner och plockade upp sin Glock 17. Han såg en stund på den och stoppade sedan ner den i byxlinningen vid ryggslutet. Drog åter på sig ryggsäcken och gläntade på balkongdörren.

Innanför dörren låg Rickard i sin säng. Han kan aldrig ha vaknat av ringklockan tidigare utan snarkade högljutt i djup sömn. Eller så somnade han helt enkelt om väldigt fort. Jason studerade honom en stund medan han funderade. Onödigt skulle det vara att väcka honom utifall att Patrik inte befann sig i lägenheten. Han gled med tysta steg över golvet och ut i den lilla hallen, vidare in mot vardagsrummet. Soffryggen stod vänd mot Jason men han kunde se fötterna som stack ut utanför soffgaveln.

Han stod tyst en stund för att sedan tända taklampan. Patrik reste sig med ett ryck och stirrade på honom.

– Så, sa Jason. Det är här du gömmer dig?

Patrik satt tyst och fortsatte sitt stirrande.

– Vad? stammade han tillslut. Vad? Hur kom..?

Jason log. Han är lika dum som han är ful, tänkte han.

– Du följer med mig nu, sa han.

Patrik ställde sig upp. Den halvdant tränade kroppen imponerade inte på Jason och inte heller det faktum att Patrik var huvudet kortare. På armarna stod barnens namn tatuerade. Det äcklade Jason med tanke på att de inte verkade betyda så mycket för Patrik som han försökte få det att se ut.

– Jag följer inte med någonstans, svarade Patrik spydigt.

Rickard hade vaknat av ljuden och kom nu ut ur sitt sovrum.

– Vem fan är du, skrek han mot Jason som förflyttade sig längre in i vardagsrummet.

– Okej, grabbar, sa han. Nu tar vi det jävligt varsamt här.

I samma ögonblick som Patrik gjorde ett patetiskt försök att närma sig Jason, sträckte han sig efter Glocken i linningen men riktade den mot golvet. Patrik stannade upp i samma tiondel som han la ögonen på pistolen i Jasons hand.

– Vad fan? utbröt Rickard med darrande röst.

– Ta det jävligt lugnt, sa Jason. Sätt er båda ner i soffan.

De båda bröderna sjönk ner i soffan medan Jason placerade sig framför dem. Han studerade dem noga och fundersamt.

– Okej, ditt svin, sa han och spände blicken i Patrik. Vart är Mia?

Patrik satt tyst.

Jason log.

– En chans till, sa han. Vart är hon?

Patrik fortsatte sin tystnad.

– Alltså lyssna, sa Rickard. Vi vet inte...

– Håll käften! sa Jason bryskt.

Rickard slutade omedelbart med sitt pladder.

– Patrik, sa Jason och riktade Glocken mot honom. Vart är hon?

BENGT WESTERBERG klev in på sitt kontor. Andningen var tung efter att han valt trapphuset istället för den långsamt gående hissen. Han höll sig för bröstet medan han sakta sjönk ner i stolen.

Två år hade passerat sedan kvällen då han fått sin första, och enda, hjärtattack och i ärlighetens namn hade han inte tagit läkarnas råd om livsförändring på största allvar. Första månaderna efter hjärtattacken ändrade han visserligen kosten och försökte att gå någon timme per kväll men ganska snart hade han åter trillat tillbaka till gamla vanor och i slutänden lagt på sig några extra kilon.

Jävla Jason, tänkte han medan han torkade svetten ur pannan.

In i rummet stapplade Kriminalinspektör Jonas Jakobs. Från blicken att döma var han inte överlycklig över att befinna sig på Bengts kontor denna sena nattimma. Sekunderna efter att Jonas slagit sig ner i Bengts kontorssoffa steg Kriminalinspektör Johanna Åhlén in genom dörren. Gäspandes satte hon sig ner bredvid den halvt sovande Jonas och gnuggade sina trötta ögon och dolde sedan ännu en gäspning i sin handflata.

– Vad, sa Jonas och lutade sig bakåt mot soffryggen, rent ut sagt, i helvete gör vi här nu?

Bengt satt tyst någon sekund.

– En vän till mig har troligen hittat Patrik Larsson, svarade han.

Jonas och Johanna satt tysta. Båda stirrandes på Bengt.

– Och? frågade Jonas.

– Vad rör det oss? fyllde Johanna i.

De såg båda trötta och oinspirerande ut medan de inväntade Bengts svar.

Bengt lutade sig bakåt i sin stol.

– Ni förstår, började han. Personen som har hittat Patrik är inte vem som helst.

Jonas ryckte på axlarna. Båda med ett mer intresserat ansiktsuttryck.

– Om han har hittat Patrik så kan det mycket väl arta

sig till något som skiljer sig enormt mycket från det tillvägagångssätt som vi använder oss av.

Han drog en kort suck.

– Mitt förslag är att vi beger oss ner till Oxelösund själva. Jag kan uppdatera er om viss information under färden. Och detta är fortsatt konfidentiellt.

Jonas och Johanna såg på varandra. De förstod båda att detta inte var ett fall som alla andra och att Bengt var mycket oroad över situationen.

En suck från Johanna och en nick från Jonas visade att de båda var med på noterna.

– Okej, sa Bengt och tråcklade sig ur stolen, fortfarande en aning andfådd. Då föreslår jag att vi beger oss på direkten.

KAPITEL 17

DEN FÖRSTA ljusglimten från soluppgången snuddade vid soffkanten. Jason Ross såg med ilskna ögon på Patrik Larsson medan denne kravlande reste sig upp i soffan. Patrik lutade sig bakåt medan blodet rann ner för att sedan droppa från kindbenet ner på sofftyget. Jacket var strax ovanför det vänstra ögonbrynet. Han andades tungt och såg med skärrad blick på Jason.

Jason satt tyst. Han ansträngde sig för att tränga tillbaka känslorna för att inte slå ihjäl Patrik där på plats. Han hade inte tänkt att tilltaget skulle bli av denna kaliber men samtidigt, slår man någon med en pistol över dess ansikte så får man räkna med att ett ögonbryn kan spricka.

Han drog en djup suck.

Brodern, Rickard Larsson, satt alldeles blixt still. Med slutna ögon såg det nästan ut som att han bad till högre makter om att denna natt endast skulle tillhöra någon hemskt mardröm han inom kort kunde vakna ur.

– För sista gången, sa Jason trött, ett svar tack.

Patrik skakade på huvudet.

Jason suckade på nytt och drog ännu ett djupt andetag. Han stängde ögonen i samma sekund som han hörde knackningarna på ytterdörren utifrån hallen.

Polisen. Öppna dörren.

Rickard såg på Jason med skärrade ögon. Jason satt still någon sekund och mötte Rickards blick. Han drog en suck och nickade sedan medgivande. Rickard reste sig sakta och tog sig ut mot hallen medan knackningarna på dörren fortsatte.

Jason lutade sig fram och såg med svarta ögon på Patrik.

– När du sett vad jag sett så är döden inte bara något man inte längre fruktar, det blir även något som man slutligen jagar.

Patrik flackade med blicken och såg för första gången riktigt rädd ut.

– Vem du nu än retat upp, fortsatte Jason. Maffian, mc-gäng, Al-Qaida, you name it.

Kriminalinspektör Jonas Jakobs kom in i vardagsrummet.

– Må du hoppas de hittar dig innan jag får en chans till.

Nu var även kriminalinspektör Johanna Åhlén inne i vardagsrummet. Tillsammans drog de båda inspektörerna sina tjänstevapen då de såg Glocken i Jasons hand.

– Släpp vapnet, skrek Johanna enligt bokens alla regler. Visa era händer.

Jason log mot den skärrade Patrik som redan hade armarna högt ovanför huvudet, lade sedan sin Glock 17 på bordsskivan och sträckte sakta armarna mot skyn.

Medan kriminalinspektör Jakobs bad honom resa sig för att sedan sätta handfängslen runt hans handleder så släppte han inte de svarta ögonen från Patriks mer skärrade blick. Och hans leende fick Patrik att vända bort blicken.

Kriminalinspektör Åhlén kunde se skräcken i Patriks ögon medan hon eskorterade honom ut ur lägenheten.

JASON ROSS satt tyst i förhörsrummet.

Väggklockan visade på fem över nio. En timme hade han suttit ensam i förhörsrummet inne på Nyköpings Polishus. Ilskan syntes fortfarande i hans ögon. Svarta och tomma. Som hos en man som förlorat allt hopp om framtid och som nu var kapabel till att göra vad som en föll honom in.

Bengt Westerberg kände igen de ögonen. Fundersamt stod han utanför förhörsrummets dörr och såg på Jason genom glasrutan. Hur ska jag hantera detta, tänkte han. Det var bara en tidsfråga innan Jason skulle ta saken i egna händer. Något som

Justitieminister Carl Hermansson redan klargjort inte fick hända. Han drog ett djup andetag och öppnade dörren.

– Så, sade han medan han stängde dörren efter sig.

Jason satt tyst.

Bengt skakade på huvudet medan han satt sig på stolen mittemot Jason vid bordet.

– Inbrott, vapeninnehav, hot, misshandel, sa han.

Jason satt fortsatt tyst.

– Hur ska jag trolla bort det? frågade Bengt vidare.

Jason log.

– Du fattar att detta är allvar va?

Jason ryckte på axlarna.

– Detta är inte Mellanöstern.

– Jag hittade ju honom, svarade Jason.

Bengt nickade instämmande.

– Visst, men det hade vi med.

Just som Jason skulle svara avbröt Bengt honom.

– Inom sinom tid hade vi hittat honom.

Jason suckade.

– Vad säger han då?

Bengt höjde ögonbrynen.

– Vart är Mia?

Bengt kliade sig i det vita skägget.

– Vi vet inte om Mia har något med detta att göra, svarade han.

Jason grimaserade och fnös.

– Vadå? Klart som fan hon har.

Bengt skakade på huvudet.

– Patrik pressas just nu av Johanna och Jonas men än så länge har inget indikerat på att han vet något om deras försvinnande.

Jason reste sig från stolen.

– Vilket jävla skitsnack, skrek han. Du vet mycket väl att det är så det hänger ihop.

– Lugna dig, vädjade Bengt.

Jason rynkade ögonbrynen och bet ihop tänderna. Han var röd i ansiktet av ilska.

– Du såg lappen, sa han. *Du svor på dina barn?* Det där aset har gjort någon skitig jävla affär och nu får Mia och barnen ta straffet för det. Och du…

Hans ilskna blick mötte Bengts.

– Du sitter här och menar att ni inte har något att gå på?

Bengt satt tyst någon sekund.

– För det första, sa han. Lugna ner dig.

Jason skakade på huvudet medan han skruvade på sig.

– För det andra. Som jag sa så pressas han just nu och vi kommer att få ut det ur honom, okej.

Bengt reste sig upp.

– Kom, sa han. Jag följer dig ut. Du är fri att gå.

Han visade med handen mot dörren.

– Men håll dig i skinnet hädanefter.

KAPITEL 18

JASON ROSS satt tyst i soffan i det lilla gårdshuset. Den lilla fönsterlampan kastade ett dunkelt sken över hans ansikte medan han svepte de sista dropparna i vinglaset. Han stirrade rakt fram och sedan ner på vinflaskorna på bordet framför sig. De båda flaskorna var nu tomma men Jason var ännu inte nöjd. Han såg bort mot vitrinskåpet i hörnet av rummet samtidigt som han ställde ner vinglaset på bordsskivan och reste sig.

Utanför fönstret ven den ljumna sommarvinden genom det nattliga dunklet. Sirenbusken släppte motvilligt ifrån sig några blad som en stund virvlade runt i luften innan de slog mot glasrutan och föll sedan mot fönsterbläcket. Sommaren hade hitintills varit en besvikelse. Med få soldagar hade istället åska och en molnbelagd himmel dominerat Jasons vecka efter hemkomsten. Kanske hade dagarna varit mer somriga under veckorna han var inlagd? Han mindes inte att han någon gång tittat ut genom fönstret från sjukhusbädden.

Utbudet i vitrinskåpet var brett men de två urdruckna flaskorna på bordet var de sista av det vita vinet. Fundersamt såg han på flaskorna i skåpet. Rött vin fanns det tre flaskor av men han ville helst inte blanda de olika färgerna. Efter noga övervägande valde han att ta en flaska *Grants* med sig tillbaka till soffan.

Stereoanläggningen spelade Pink Floyds hyllade 70-tals album The Wall. Han hällde upp whiskeyn i samma glas som han tidigare avnjutit det vita vinet i, lutade sig tillbaka i soffan och fuktade strupen med en smutt. Dagen hade varit lång och han kände sig nu efter all ilska och funderingar bara tom. Tankarna hade snurrat hela dagen och nu kände han bara att han behövde fly in i alkoholens förtrollade dimma.

Där inga bekymmer finns.

Där allting är ett enda fantastiskt lyckorus.

Men när han nu närmade sig denna dimma så visade den sig vara allt annat än bekymmerslös. Allt annat än fantastisk eller lycklig. Han svepte glaset, ställde det på bordet och sträckte sig efter flaskan för en påtår.

Han såg ner på sin Glock 17 som låg framför honom intill de tomma vinflaskorna. Stirrade på den svarta metallen. Minnen från förr kom nu åter till honom. Han ställde ner glaset och tog sedan upp pistolen. Höll den i sin hand. Stirrandes.

Han kunde känna det kalla stålet mot läpparna. Den

bittra smaken av metall och den ilande känslan då tänderna skrapade mot pistolmynningen. Hur han slöt ögonen. Lutade huvudet bakåt. *Only God Can Judge Me*, upprepade han gång på gång i huvudet innan hans darrande finger pressade avtryckaren.

Varför? tänkte han och såg på pistolen i handen. Varför avlöste den aldrig skottet?

Det var under hans tjänstgörings andra år i Afghanistan. Hans psyke klarade inte mer död och dödande. Allt han sett. Allt hemskt han gjort. Han klarade det inte längre. Han ville avsluta allt. Hela sitt liv. Lämna allt till Gud. En Gud han visserligen inte trodde existerade. Men av någon anledning låste sig patronen. Kulan blev defekt men lämnade aldrig pistolen. Han plockade ut den skadade patronen och gjorde aldrig mer om försöket. Dagen efter blev han hemskickad igen. Väl hemma tatuerade han in orden han upprepat: *Only God Can Judge Me* längst de högra revbenen. Patronen stod nu i hans samling vid vitrinskåpet.

Han lade ner pistolen på bordet igen och tog istället glaset i sin hand.

Det fantastiska gitarriffet på spåret *Another brick in the wall* ljöd ur högtalarsystemet. Jason satt tyst och lyssnade medan whiskyn rann mer frekvent nerför hans strupe.

Daddy's flown across the ocean...

Texten träffade Jason rakt i hjärtat. Pappa, tänkte han och stirrade rakt framför sig i mörkret.

... leaving just a memory.

Han hade svårt att minnas sin far. Sin brittiska far vars efternamn han bar. Blott sex år var han då hans far mördades.

A snap-shot in the family album...

Familjealbum, tänkte han. Fanns det något sådant? Han drog ett djupt andetag. Han visste att anledningen till hans vaga minne av fadern berodde på faderns ständiga frånvaro. Sin mor mindes han. Även fast hon föll offer samma natt som fadern. Men hon fanns åtminstone där under hans första sex år. Hennes doft, leende, röst. Det mindes han.

Daddy, what else did you leave for me?

Vad hade egentligen hans far lämnat efter sig? All denna ilska. Denna vilsenhet. Under så många år. En karriärssugen journalist som satte arbetet före sin familj. Var det verkligen så? Han skakade på huvudet. Han mindes inte. Kanske hade han hjärntvättats på alla de fosterhem han pendlat mellan. Kanske var hans fader inte alls den person som myndigheter målat upp honom som? Kanske, om Jason fått chansen att växa upp med honom. Kanske hade livet varit något helt annat idag?

All in all it was just bricks in the wall.

Kanske hade hans far lämnat något annat en död efter sig om han själv fått önskat?

Jason svepte det sista ur glaset medan han försökte fokusera på att nå flaskan på bordet. Han fyllde glaset till bredden, spillde några droppar på bordet och brydde sig inte om att skruva tillbaka korken.

Skulle han någonsin kunna riva den gigantiska mur hans fars död byggt upp runt honom? Allt var ju bara brickor. Så också han. Om han fann ett sätt att plocka bort en av dem så skulle muren sakta börja rasera. Men hittills hade han inte funnit någon sten att plocka bort. Han visste inte ens vart han skulle börja hamra.

Medan han sträckte sin vänstra hand mot glaset såg han på det stora ärret ovanför knogarna. Sammanbiten sjönk han djupare in i minnena.

Vi ärrades båda två den natten.

KAPITEL 19

SOLEN BLÄNDADE med sina förmiddagsstrålar. Bengt Westerberg tog av sig solglasögonen och la dem på bordet framför sig. Klockan närmade sig tolv och Gamla Stan var full av aktivitet. Sittandes på sin favoritrestaurangs uteservering kunde han se hur folk passerade förbi Järntorget med allehanda ärenden. En brevbärare hoppade av sin postcykel och började småstressad att gräva bland breven i sidoväskan. En äldre dam skakade på huvudet medan hon från parkbänken följde hur några ungdomar ven förbi på sina skateboards.

Bengt log för sig själv och blickade sedan ner i menyn. Visserligen kunde han denna innan och utan och han hade dessutom redan bestämt sig för vad han skulle beställa. Han såg på sitt armbandsur och sedan runtomkring sig. Hm, tänkte han. Vart fan är Carl då?

Han beslöt sig för att beställa in en öl medan han

inväntade Justitieministern. Små kondenspärlor från glaset rann nerför hans fingrar medan han avnjöt den kalla ölen i sensommarvärmen.

Tjugo minuter sen anlände Carl Hermansson till Bengts bord vid uteserveringen. Med svettpärlor i pannan hängde han kavajen över stolsryggen och lättade på slipsen innan han slog sig ner mittemot Bengt. Han rätade till de sneda glasögonen och drog den flottiga luggen åt sidan.

– Jag ber om ursäkt, började han.

Bengt skakade på huvudet och avfärdade ursäkten med en handgest.

– Ingen fara. Nu beställer vi.

Bengt vinkade till sig kyparen som tog deras beställning och försvann in genom resturangens dörrar. Sjutton minuter senare placerades en välstekt rådjursplanka framför Bengt som passade på att beställa in en pava rödvin till steken.

Tillsammans med vinet kom såväl Carls beställda svampsoppa.

– Så, sa Carl. Vad ville du diskutera?

Bengt saltade lite extra på potatismoset.

– Jo, det gäller några uppgifter som rör Jason.

Carl nickade medan han svalde ner soppan.

– Den försvunna kvinnan?

Bengt nickade.

– Hennes sambo har avslöjat hur det ligger till.

– Jag lyssnar.

Bengt skar kniven genom rådjurssteken medan han fortsatte.

– I en uppgörelse om obetalda knarkpengar har hans familj kidnappats. Detta ska ha hänt under fredagskvällen och kom till vår kännedom under lördagen genom Jasons upptäckt.

– Vem ligger bakom?

Bengt satt till en början tyst.

– Det är just det som är kruxet, svarade han. Enligt sambons utsaga så har han aldrig träffat denna knarkkung men han ska ha ett smeknamn.

– Låt höra.

– Okej. Ringer det någon klocka när jag säger namnet Papi?

Carl avbröt sin måltid och stirrade på Bengt. Han skakade på huvudet.

– Nej. Han lade ner skeden i soppskålen och lutade sig bakåt. Det var inte bra.

Bengt suckade.

– Nej. Och det ska handla om trehundratusen kronor.

Carl skakade på huvudet.

– Vi förhandlar inte med kriminella, blev hans svar. Aldrig.

De satt tysta en stund och funderade. Namnet Papi, eller Castro Chavez som var hans riktiga namn, var vanligt förekommande i den undre världen. En knarkkung från Puerto Rico. Polismyndigheten hade sedan en längre tid försökt att fånga in honom men var gång hade albinon överlistat dem. Betalat för försvunna bevis. Hotat åklagare, skrämt iväg advokater och lett utredningar åt helt fel håll. Namnet Papi var dålig publicitet för den svenska polisen. Och för Justitiedepartementet.

– Vet Jason? frågade Carl efter en stunds tyst betänketid.

Bengt skakade på huvudet. Han kunde se hur Carl funderade.

– Vad om, sa han sen. Vad om han fick reda på det?

Bengt såg skeptiskt på Carl. Vad fan menar karln? tänkte han.

– Vad om?

Carl funderade en stund till och man kunde se hur kuggarna snurrade runt i huvudet på honom. Vad var det för odiplomatisk tanke som nu slagit honom? Bengt kände ett visst obehag. Allt som hade med Jason och planer att göra var en riskabel handling.

– Vad om vi lät Jason ta hand om det?

Bengt lutade sig bakåt och studerade en stund Justitieministern.

– Du kan inte mena allvar? frågade han.

Carl ryckte på axlarna.

– Varför inte? Jason behöver något annat att fokusera på, det vet du lika väl som jag. Som jag sade här om dagen. Vi behöver hitta ett jobb för hans kvalitéer och vad kan väl passa bättre än detta? Och Jason har inget att förlora.

Bengt nickade. Visst visste han det men det här? Det var bara dumt. Jason var visserligen en bra tillgång men att låta honom vara en bricka i ett spel?

– Killen är mentalt skadad efter allt som hänt honom. Att ge honom fria händer och låta honom göra det han gör bäst är förenat med livsfara, vädjade Bengt.

– Du vet vilket skyddsnät Castro har, menade Carl. Vi kommer inte åt honom men Jason.

Han smålog.

– Där har vi något som Castro inte förväntat sig.

Bengt var fortsatt skeptisk.

– Jason får naturligtvis inte veta att det finns en baktanke. Han lär köpa idén rakt av.

Bengt funderade.

– Vi vet ju inte ens om Castro befinner sig i landet.

Carl gav inte med sig.

– Jason tar hand om detta. Det kommer att lösa många lösa tampar inför det nya valet.

Såklart, tänkte Bengt. Valet. Det är det som detta handlar om.

– Bort med Castro, bort med knarket. För vad? Fler röster?

Carl nickade.

– Ibland behöver man spela spelet för att vinna, svarade han.

– Det är en riskabel tanke, sa Bengt.

– Äh, log Carl. Jason klarar det.

Bengt nickade instämmande.

– Det är inte Jason jag är orolig för, svarade han. Det är alla dem som råkar hamna i hans väg.

KRIMINALINSPEKTÖR JOHANNA Åhlén satt inne på sitt kontor och arbetade med ett äldre olöst mordfall. Hon skuggade igenom sida efter sida men hade egentligen tankarna på annat håll.

Hon och kollegan Jonas Jakobs var tillbaka till Kriminalkommissarie Håkan Gerhardssons förfogande. Då inget misstänkt mord rapporterats arbetade de med olösta gåtor. Men allt hon kunde fokusera på var Maria Sandén och hennes två söner. När Patrik Larsson förtäljt att det med största sannolikhet var den ökände Castro Chavez som låg bakom kidnappningen hade hon fått en känsla av obehag i magen. De stackars barnen, tänkte hon.

Hon reste sig ur stolen, lämnade rummet och vandrade mot köket. Vid Espressomaskinen stod Jonas Jakobs och väntade på det rykande kaffet att rinna ner i koppen. Johanna öppnade skåpsluckan, tog ut en ren kaffekopp och gick sedan fram till Jonas.

– Hej, sa hon.

– Hej, svarade Jonas och tog sin nybryggda kopp med sig till det stora bordet.

Johanna laddade om maskinen och väntade tålmodigt på kaffet att börja rinna.

– Hur är det? frågade Jonas då han satt sig till bords.

Johanna nickade mot honom.

– Jo tack, det är bra.

Hon tog kaffekoppen.

– Men jag kan inte sluta grubbla över stackars Maria.

Jonas nickade förstående.

– De stackars barnen, fortsatte Johanna.

Återigen nickade Jonas. Även han hade gett fallet en hel del tankar.

– Vad jag inte förstår, sa han. Den här Jason, vem är han?

Johanna ryckte på axlarna.

– Tydligen någon vän till Westerberg.

– Jovisst, men ändå. Det är någonting med honom. Jag får en känsla av att han är en riktigt tuff jävel.

Johanna nickade och log medan hon tänkte tillbaka på mötet med Jason. De muskulösa armarna, den breda bringan, det svarta håret och dennes ”Bad-Boy”-attityd.

Jonas såg sig omkring och vände sedan tillbaka mot Johanna.

– Du vet, sa han. Jag kollade upp honom tidigare.

– Okej, svarade Johanna och tog en klunk av det rykande kaffet. Och?

Jonas skakade på huvudet och lutade sig åter mot ryggstödet.

– Han finns inte. Inte en enda bot. Ingenting.

Besynnerligt, tänkte Johanna medan kaffet brände hennes tunga.

– Med tanke på, sa hon och visade tydligt att tungan blivit bränd genom att räcka ut den och grimasera illa. Med tanke på att han inte tveka om att bära ett handvapen, rikta den mot en annan person samt misshandla honom med det så borde han ha en hel del annat på sitt samvete.

Jonas höll med.

– Något är väldigt skumt.

Kriminalkommissarie Håkan Gerhardsson kom in i fikarummet. Han bar en urtvättad pikétröja och bruna Manchesterbyxor till sina svarta lackskor. Johanna skakade lätt på huvudet då hon såg honom och undrade vart han hittat sitt sinne för mode. Hans mörkbruna hår stod som vanligt rufsigt runt hjässan och hans igenkännande ansiktsuttryck av att alltid vara besvärad.

– Vad händer chefen, frågade Jonas. Ett nytt mord?

Håkan skakade på huvudet.

– Nej, men ni har ett annat uppdrag.

– Vad gäller det, frågade Johanna, fortfarande en aning besvärad av den brända tungspetsen.

– Ni ska fortsätta att bistå Rikspolisen i sökandet av den försvunna Nyköpings-familjen.

De båda inspektörerna nickade. Det var precis vad de båda hade hoppats på. Att behöva lämna ett fall mitt i skulle tära på deras polisiära nyfikenhet.

– Se så, sa Håkan. Börja jobba.

KAPITEL 20

Han visste inte hur länge han suttit där. Tidsuppfattningen var som borta.

Hans bror snyftade och höll hans hand i ett fortsatt hårt grepp. Moderns döda ögon stirrade på honom och han kunde inte längre hålla sig. Rummet krympte runtom dem och utrymmet under sängen blev allt mindre. Han svettades och andningen blev tyngre för var sekund som passerade. Han kunde inte stanna längre. Orkade inte med att se sin döda mors kropp ligga där med uppspärrade ögon. Stirrandes på sina söner.

Han såg på sin bror och viskade.

– Kom, vi går.

Brodern skakade på huvudet.

– Vi måste, fortsatte han och höll broderns stretande hand medan de kröp ut från sin gömma.

Golvet knarrade under deras bara fötter medan de

förflyttade sig över det. Brodern stönade till då han såg sin mor på golvet. Han höll sin hand över dennes mun och hyschade med fingret. Brodern svalde gråten och följde med mot korridoren.

Ljuset från nedervåningen kastade sig uppför den böjda trappen. Nedifrån hördes röster men han kunde inte urskilja orden. Språket var även det främmande för honom. Sakta vandrade de nerför, med små försiktiga steg.

I hallen fanns kroppen. Det var blod längst den vita hallväggen. Som om någon tagit färg på en pensel och sedan svept den i luften för att sprida ut små droppar av rött. Faderns kropp hade sjunkit ihop i en sittande ställning mot väggen. Blodet på väggen indikerade på att kroppen glidit längst väggen ner i den position den nu befann sig i.

Bröderna studerade chockat sin livlöse fader. Ögonen var stängda, huvudet framåtlutat och blod rann från mungiporna och droppade ner på den vita skjortan. De vågade inte skrika, inte röra sig. De bara stod där medan skuggan åter uppenbarade sig inför deras ögon.

KAPITEL 21

– HALLÅ, ropade Bengt Westerberg och klev in genom dörren.

Jason satt i köket och åt en måltid bestående av köttfärs och spagetti. Han brydde sig inte om att svara utan fortsatte att tugga i sig maten.

Bengt hängde av sig ytterjackan på klädhängaren, knöt av sig skorna och klev sedan in i köket. Han nickade mot Jason som nickade tillbaka.

– Hungrig? frågade Jason då Bengt satt sig ner.

– Nej tack, jag åt på vägen.

– Okej.

Jason tog ännu en stor tugga av köttfärsen.

– Men lite kaffe kanske? sa Bengt. Men ät klart först för all del.

Jason log.

– Vad har du på hjärtat, frågade han med mat i hela munnen.

Bengt andades ut och skakade på huvudet. Jag kan inte fatta att jag gör det här, tänkte han. Det är en dålig idé.

– Jag behöver din hjälp, svarade han.

Jason la ner besticken och såg intresserat på Bengt.

– Låt höra.

Bengt såg Jason i ögonen.

– Jag vill att du letar reda på Mia.

Jason satt tyst. Det var det sista han trodde sig få höra från Bengt.

– Varför? undrade han. Du sa att jag skulle hålla mig i skinnet.

Han förstod att polisen nu troligen hade fått in fler uppgifter.

– Nu är det så att jag behöver dig, svarade Bengt. Det har gått fem dagar och vi har kört fast tyvärr. Vi behöver testa något nytt. En ny metod.

Jason nickade fundersamt.

– Men i största hemlighet förstås.

Såklart, tänkte Jason och log sarkastiskt.

– Hur skulle detta gå till då menar du?

Bengt ryckte på axlarna.

– Några idéer?

Jason funderade. Vad hade Bengt egentligen i görningen? Att den svenska polisen kört så pass fast att de vädjade till en ex-militär i extremt dålig form trodde han inte det minsta på. Hur ska jag kunna hitta henne, tänkte han.

– Vet pressen att Patrik är häktad?

Bengt skakade på huvudet.

– Vet ni vem han har arbetat för?

Bengt tvekade men valde ändå att svara förvirrande.

– Inte direkt, allt vi har är ett smeknamn. Patrik påstår sig aldrig ha träffat just mannen bakom det hela. Var gång har det varit lakejer som mött honom.

Jason kliade sig i det allt mer växande skägget.

– Det borde handla om utpressning.

Bengt nickade.

– Ja, men ännu har inga krav kommit till vår kännedom.

Inte så konstigt, tänkte Jason. Svinet sitter ju i häktet.

– Vi gör så här, sa han. Vi försöker få kontakt med kidnapparen där jag låtsas vara Patrik.

Bengt såg tveksam ut.

– Kom igen, om de aldrig möts så lär han gå på det.

Jason ryckte på axlarna.

– Det är vår bästa chans, fortsatte han. Det är värt ett försök.

– Okej, suckade Bengt. Jag ska se vad jag kan göra.

Jason log.

– Följ med till stationen, sa Bengt. Vi får prata med Patrik igen.

PATRIK LARSSON satt med nedsänkt blick framför Jason Ross och Rikspolischef Bengt Westerberg.

Skamsen vågade han inte möta deras blickar.

Jason vek sina skjortarmar och såg inte ens åt monstret på andra sidan bordet. Bengt läste igenom anteckningarna från inspektörerna Johanna Åhlén och Jens Jakobs tidigare förhör med Patrik.

– Så, sa Bengt. Hur har kontakten gått till?

Han skummade igenom texten men när ett svar från Patrik lät vänta på sig så tittade han upp och spände blicken i honom.

Patrik harklade sig.

– Telefon, svarade han. Samtal och SMS.

Bengt nickade.

– Vart finns denna telefon nu?

– Jag gömde den.

– Okej, vart?

Patrik harklade sig igen.

– För i helvete, höjde Jason rösten. Svara då för fan.

Jason mötte Patriks blick som i ett patetiskt försök ansträngde sig för att se oberörd ut. Bengt såg på Jason och suckade och med ögonen gav han honom ett meddelande att lugna ner sig. Han såg sedan åter på Patrik.

– Du förstår att det är viktigt va? frågade han.

Patrik släppte Jasons blick och nickade.

– Så vart finns telefonen?

Patrik drog ett djupt andetag.

– Jag gömde den i brorsans lägenhet.

– I Rickards lägenhet? upprepade Bengt.

Patrik nickade.

– Exakt vart i lägenheten?

Patrik vred på sig och stirrade bort mot väggen.

– Vart? röt Bengt med en mer irriterad ton.

Idiot, tänkte Jason men la sig inte i förhöret.

– Den ligger i en plastpåse i toaletten.

– I toaletten? frågade Bengt sig.

– Ja vad fan. I toppen, där uppe.

Jason skakade på huvudet åt den obildade människan framför sig.

– Du menar i vattenklosseten? tillade han.

Patrik ryckte på axlarna.

– Ja i toppen.

Jason skakade på huvudet igen.

– Berätta om bilen, fortsatte Bengt.

Patrik skakade på huvudet.

– Jag tände eld på den.

Bengt såg upp från sina papper.

– Varför?

– Jag vet inte. Jag tänkte väl att de skulle anta att jag dött eller något. Tänkte att det skulle få dem att släppa min familj medan jag höll det lågt hos brorsan.

Jason fnös. Du e ju efterbliven, tänkte han.

– Tack, sa Bengt och reste sig. Jason, gör mig sällskap.

Utanför dörren till förhörsrummet bad Bengt två poliser åka till Rickard Larssons lägenhet för att inhämta den vattendränkta telefonen. Därefter vända han om mot Jason och såg fundersamt på honom. Skulle han verkligen göra Carl Hermansson till lags och låta Jason vara en del av denna valrörelse dömd att misslyckas?

– Kan du bita dig i tungan? frågade han Jason.

Jason såg oförstående på Bengt.

– Va?

Kanske för ung för sådana ordspråk, tänkte Bengt och omformulerade sig.

– Kan jag släppa in dig dit igen?

Jason nickade.

– Och du håller det professionellt?

– Ja.

Bengt suckade. Slå inte ihjäl honom, tänkte han.

– Ta reda på det du behöver veta.

Jason nickade och vände sig sedan mot dörren. Han såg in genom rutan på den patetiska mannen som satt där inne. Mannen som bytt bort sina barn i en uppgörelse. Som spelat rysk roulette med familjen som insats. Professionellt? tänkte han. Knappast.

Patrik såg mot dörren då Jason klev in i rummet igen. Man kunde se i hans ögon att rädslan steg hos honom men han gjorde sitt bästa för att dölja det. Vred sig i stolen och försökte spänna ut bröstet.

Jason klev fram till bordet utan ett ord. Drog ut stolen och satt sig ner. Patrik satt tyst men man kunde höra att hans andning var mer påtaglig nu. Jason spände blicken i honom. Sammanbiten med stängd mun och skrämmande ögon.

– Du känner inte mig, sa han tillslut.

Patrik mötte nu hans blick. Aningen förundrad.

Jason skakade på huvudet.

– Du har ingen aning.

Han lutade sig framåt och la armbågarna på bordet så att de stora överarmarna spände ut skjortärmarna.

– Mia känner inte till allt om mig, fortsatte han. Inte ens hon.

Patrik skruvade på sig av obehag.

Jason berättade sedan om hur han som trettonåring fått höra av sin klasskamrat Sara hur hennes styvfar tafsat på henne när mamman arbetade kvällsskiftet. Hur han en kväll stod vid hennes port och inväntade styvfadern. Han hade sedan följt efter denne då han kommit ut ur porten och börjat vandra ner mot kvarterskiosken vid hörnet. Intill ett buskage satte han in stöten. Med kraften från ett järnrör krossades knäskålen. Mannen ramlade ner på asfalten och i ren panik ålade han på armbågarna och släpade det söndertrasade knäet efter sig.

Patrik såg med lamslagen blick på Jason. Han kunde inte urskilja om Jason talade sanning eller försökte skrämma honom. Han svalde hårt och kunde inte ta blicken ifrån honom.

– Han kröp bakom buskaget och ut på en gräsmatta,

fortsatte Jason.

Jason följde efter. Styvfadern vände sig om. Liggandes på rygg mötte han Jasons blick. Han vädjade om nåd och höll upp sin högra hand mot honom. Jason lät järnröret vina genom luften en andra gång. Blod rann nerför underarmen och den brutna handleden fick mannen att skrika ut sin smärta. En gång till. Denna gång över näsan. Mer blod. Ytterligare ett skrik. Denna gång mer kvävt på grund av blodsamlingen i munnen.

Jason satt sedan tyst och stirrade framför sig. Som att han såg styvfadern i sina minnen uppenbara sig framför honom. Patrik mådde illa och visste inte vart han skulle fokusera blicken.

– Jag sparkade med all min kraft mellan mannens ben och lämnade honom sen.

Patrik satt tyst och såg med rädsla på Jason.

– Han rörde aldrig Sara igen, avslutade Jason.

Patrik slickade sig om sina torra läppar.

– Vad har detta med mig att göra?

Jason ryckte på axlarna.

– Ingenting, svarade han. Allting.

Patrik suckade.

– Du vet inte vem du har att göra med.

Jason log.

– Det han gör idag, sa han. De metoderna avverkade jag redan på barnsben.

Han lutade sig bakåt i stolen.

– Berätta nu allt du vet. Precis allt.

Patrik satt fortfarande förbluffad över den historia Jason berättat. Var den sann? Kunde en trettonåring verkligen genomföra det? Han såg på Jason. Han måste ha varit en vältränad trettonåring, tänkte han.

Jason satt även han försjunken med minnen av den tafsande styvfadern. Dock var Jason ingen muskelknutte i tonåren. Han började inte träna på allvar förrän i det militära. Innan dess var han bara en tanig pojke. Visserligen en mycket arg sådan.

– Det skulle komma en last, började Patrik och harklade sig.

Jason släppte sina tankar och lyssnade noga.

– Min roll var att ta emot den.

– Hur kommer lasterna?

– Denna skulle komma med lastbil från Tyskland.

Jason nickade.

– Och tullen?

Patrik smålog.

– Den betalar man sig förbi.

Vem hade kunnat ana det? tänkte Jason.

– Men, fortsatte Patrik. Denna last innehöll inte den mängd som var satt. Då den redan var betald fick vi sälja med höga priser per gram men…

– Men vad?

– Det blev förlust ändå och, stammade Patrik. Jag blev skyldig pengar.

Jason nickade men vägrade visa medlidande.

– Så du bytte pengar mot dina barn?

Patrik såg med ilsken blick på Jason.

– Nej, vad fan, väste han.

Jason satt tyst och väntade på fortsättningen.

– Jag träffade några mellanhänder i Södertälje och fick en vecka på mig.

– Och barnen?

Patrik fnös eftertänksamt.

– Under ett svagt infall kan jag ha svurit på dem. Men jag var extremt trängd i den situationen.

Jason nickade.

– De betalar dina synder, sa han. Och jag får följa dess spår.

SENT PÅ eftermiddagen ringde Bengt Westerberg upp Justitieminister Carl Hermansson från sin bil. Parkerad utanför Scandic Hotell i centrala Nyköping. Här skulle han spendera natten istället för att pendla de tio milen fram och till mellan Stockholm och Nyköping. Han höll telefonen mot örat och inväntade ett svar.

– Det är Bengt, sa han när Carl slutligen svarade.

– Jag sitter i ett möte med utskottet.

– Det går fort, fortsatte Bengt. Operationen är påbörjad.

– Bra.

En tystnad följde och Bengt skakade på huvudet medan han såg ut på det duggregn som föll. Han tyckte inte om det. Inte det minsta.

– Jason har ringt till det nummer som tros vara direktlinjen till Castro Chavez. Om Castro eller någon ringer tillbaka kommer Jason anta Patriks karaktär i ett försök att byta sig själv mot familjen.

– Låter som att han har en plan.

Bengt suckade.

– Jag vet inte om detta är rätt sätt…

– Jag har som sagt ett möte med utskottet, avbröt Carl honom. Jason är militär. Han har tränats att döda. Han har finansierats med statliga medel. Vi äger honom.

Bengt satt tyst.

– Jag vill se Papi död. Förstår du? Död. Jason får se till att det händer. Och våran inblandning ska mörkas. Det är din uppgift. Har du förstått? Håll dina konstaplar utanför detta. Vilseled varenda avdelning. Okej?

Bengt satt fortsatt tyst. Smälte in de ord som Carl yttrat.

– Du är min vän, sa Carl. Men faller jag så faller du.

Bengt suckade.

– Okej, sa han. Jag ville bara hålla dig uppdaterad.

– Tack. Nu måste jag in till konferensen. Jag ringer senare.

Bengt sänkte telefonen och stirrade rakt fram. Faller vi, tänkte han, så faller vi hårt.

KAPITEL 22

JASON ROSS snusade tungt i soffan när Johanna Åhlén försiktigt väckte honom.

– Du har samtal, sa hon. Det är dags.

Jason reste sig yrvaket och följde snabbt efter Johanna ut i köket. Han gnuggade sina ögon och tog sedan tag i telefonen.

Kriminalteknikerna sattförväntansfulla runt Jasons köksbord som de provisoriskt använde som avlyssningsenhet. Med datorer och hörlurar hade de väntat spänt på det önskade telefonsamtalet på Patriks telefon.

– Hallå? svarade han efter att en av teknikerna gett klartecken.

– *Så du hittade lite stake tillslut?*

Mansrösten i den andra änden bröt på svenska med en mörk ton i röst. Jason stod tyst med ett sammanbitet ansikte. Stanna i karaktär, tänkte han.

– Vart är de? Vart är min familj?

Mannen skrattade högljutt.

– *Har du mina pengar?* bröt han vidare.

Jason drog ett djupt andetag.

– Nej, svarade han. Men jag har det näst bästa.

– *Pengar för deras liv. Ingen förhandling.*

– Men…

– *Inga men. Jag skickar deras huvuden med posten.*

– Liv för liv! sa Jason med en barsk stämma.

Mannen i den andra änden tystnade. Några sekunders tystnad passerade.

– *Fortsätt.*

Jason pustade ut.

– Mitt liv mot deras liv. En byteshandel.

Fortsatt tystnad i andra änden.

– Jag byter mig själv mot deras frihet.

Han kunde höra hur mannen suckade fundersamt.

– *Ditt liv mot pojkarnas liv.*

Jason skakade på huvudet.

– Lyssna, mitt liv mot alla tre…

– *Nej!* avbröt mannen honom. *Pojkarna. Det är mitt bud.*

Jason bet ihop tänderna i ett ilsket ansiktsuttryck.

– Okej, svarade han. På ett villkor.

– *Jaså? Vad kan det vara?*

– Pojkarna måste bära ögonbindel?

Johanna såg fundersamt på Jason som i sin tur blinkade med högerögat mot henne.

– *Ögonbindel?*

– Jag vill inte att de ska behöva se sin far försvinna.

Han stod tyst och höll andan medan han väntade på svar.

– *Du är en mus. Ingen man. Men okej, ögonbindel. Och du kommer själv.*

– Nej? Jason harklade sig. Jag menar, någon måste ta emot pojkarna.

Mannen suckade.

– *Okej, en kvinna. Imorgon midnatt. På det vanliga stället. Din sista chans.*

Jason slöt sina ögon medan tonen ringde i hans öra.

– Fick ni nått? frågade Johanna teknikerna.

– Kanske, svarade den ene av de två. Datorerna arbetar.

Hon nickade mot dem och vände sig mot Jason som nu sänkt telefonen från sitt öra och stod med avlägsen blick.

– Ögonbindel? frågade hon.

Han gav henne ögonkontakt och nickade.

– Pojkarna känner mig, sa han och gav henne telefonen. Det skulle förstöra det.

Johanna log.

– Smart.

BENGT WESTERBERG svarade vid andra signalen.

– Vi har en deal, sa Johanna i änden.

– Hur lyder den?

– De byter Jason mot pojkarna.

Bengt log. Han förstod att Jason skulle lyckas nästla sig in.

– Spårade ni numret?

– Det kommer från en IP-adress registrerad i Balkan. Men teknikerna arbetar med att kringgå det.

Såklart, tänkte Bengt.

– Vid överlämnandet begärde Jason att någon mötte pojkarna. Gärningsmännen krävde en kvinna och…

– Du får ta det, avbröt Bengt henne.

– Okej, sa Johanna. Och du?

– Vad?

– Vi kommer ha en styrka som sätts in efter bytet va?

Bengt satt tyst någon sekund och dröjde med sitt svar.

– Hm, harklade han sig. Det kommer vi absolut att ha.

– Okej. Bytet sker vid midnatt imorgon.

Bengt svarade inte.

– På det vanliga stället. Och enligt Patrik är det vanliga stället vid Tågstationen på Södertälje Syd.

– Okej, sa Bengt. Tack Johanna. Bra jobbat.

Efter avslutat samtal satt Bengt med ledsamma ögon och stirrade ut i det mörka hotellrummet. Det skulle inte finnas någon styrka att sätta in. Det ingick inte i planen. Efter bytet skulle Jason vara ensam. Precis så som Jason själv förklarat att han ville ha det och vilket föll perfekt in i den plan som Carl Hermansson hade. Men det behövde inte Kriminalinspektör Johanna Åhlén ha någon kännedom om. Bengt skulle helt enkelt förklara att fritagningen misslyckats men att allt fokus skulle ligga på att återfinna Jason och fortsätta med sökandet av Maria Sandén.

Åh Johanna, tänkte han. Du är bara en ovetande bricka i ett högre spel. Han skakade på huvudet. Precis likt Jason.

KAPITEL 23

Skuggan förde dem med sig in i köket. Han placerades på en stol vid det runda träbordet medan hans bror hölls fast av en överviktig man med glugg mellan tänderna. Mannen log mot honom och han gav mannen ett ansiktsuttryck av den motbjudande sorten.

Den andre mannen vars skugga de följt under kvällen slog sig ner i stolen mittemot honom. Båda satt de tysta och studerade varandra. Det var tillslut skuggan som bröt tystnaden med sin sovjetiska brytning.

– Du förstår. Din far har något som vi behöver.

Han satt tyst, såg sedan på sin snyftande bror och åter tillbaka på mannen.

– Vet du vad jag talar om?

Han skakade på huvudet.

Mannen nickade, log och lutade sig framåt.

– Du skulle inte ljuga för mig va?

Han såg med oberörd och fruktlös blick på mannen. Sedan skakade han återigen på huvudet. Mannen log igen.

– Jag tänkte väl det, sa han och sträckte sig efter kökskniven på diskbänken.

Det blanka stålet sken i ljuset från takkronan.

– Så, suckade mannen. Jag frågar igen.

KAPITEL 24

JASON ROSS kämpade med den sista armhävningen. Svetten rann nerför hans kropp medan han ställde sig upp, svepte en handduk över axlarna och försvann bort mot duschen. Femton minuter senare puttrade kaffebryggaren medan han vände äggen i stekpannan. Tankarna for runt i huvudet och han fann det svårt att koncentrera sig. Hur skulle natten arta sig? Om tolv timmar skulle han vara i någon främmande mans våld. Och i karaktären av att vara en man som stod i skuld. Han tänkte på Maria medan han tuggade i sig äggsmörgåsarna.

Efter att ha avslutat den sena frukosten och diskat undan porslinet var han i full färd med att plocka ihop de förnödenheter han kunde tänkas behöva. I källaren, väl undangömt i golvet, låg hans vapensamling. Han spenderade noga sina timmar med att rengöra piporna och plocka ihop de olika delarna. I sann militäranda gjorde han det metodiskt och lugnt.

Minnen från den krigshärjade Mellanöstern dominerade för var del han förde samman. Bilder av brända människor passerade för hans ögon. Dofterna. De förkolnade kropparna. Halshuggna män. Män hängda i träden med snarorna djupt insjunkna runt struphuvudena. Vissa med öppna ögon, andra med stängda. Överallt denna död.

Barn, män och kvinnor nödställda bland bergen. Tusentals av dem. Utan vatten. Utan mat. Med trasiga kläder och vissa vanställda efter nätträder av fallande bomber. Mitt i allt elände fanns religioner. All denna död grundad i att några fåtal aktivister feltolkat en massa uråldriga texter. Budskap som inte hör hemma i en värld av förnuft och fred.

Jason hade aldrig förstått. Inte heller skulle han komma att förstå. Han ansåg att religioner av alla sorter var roten till större delen av världens osämja och krig. Religioner och de olika värderingar som delade världen i två läger. Västerländsk och österländsk. Demokrati och fri vilja stod mot diktatur och enmannavälde. Frihet mot förtryck. Men det var mer politik och det var han inte intresserad av.

HAN PACKADE in sin väska i bilen medan eftermiddagssolen stod högt på himlen. Dock hade det första hösttecknet visat sig då trädens tidigare så gröna blad börjat skifta till en rödare nyans. Men än ska det väl finnas lite sommar att krama ur, tänkte han. Inte för att han var så säker på att skulle få uppleva den återstående tiden av den. Han stängde bakluckan på den gamla Volvon. Han hade haft den enda sedan han första gången flyttade in på gården. En äldre. Av modellen V70 men den fungerade och det var det enda han krävde.

Han återvände in i huset, in i sovrummet och fram till den lilla klädkammaren som var mer ett skrymsle än en kammare. Där inne hängde kläderna prydligt. Om det var något han fått rätt i armén så var det sinnet för ordning. Skjortor var väl strukna och hängde på led. Varje t-shirt noga vikt och stoppade på hög i hyllan. Likaså linnena. Jeansen var dubbelvikta och låg även de på hög i hyllan. Träningskläder och arbetskläder för sig. På det området hade han aldrig fått någon kritik förutom positiv.

Ett efter ett valde han noga ut plaggen och la dem på sängen. Han stod sedan fundersamt och såg på dem innan han slutligen packade ner i en väska. För nöjes skull stannade han till vid vitrinskåpet och slängde ner en flaska billig whiskey i väskan, slöt den sedan och placerade även denna i Volvons bagageutrymme.

KAPITEL 25

KRIMINALINSPEKTÖR JOHANNA Åhlén spejade ut genom vindrutan i tjänstebilen. Ingen syn av Jason Ross ännu. Hon såg på sitt armbandsur. En halvtimme till midnatt. Planen var enligt Rikspolischef att spanare skulle, efter bytet, följa den bil där Jason då skulle befinna sig. Allt skulle vara under kontroll, hade han försäkrat sina undersåtar. Att det i själva verket skulle vara en skenmanöver med en fejkad jakt på fordonet kunde hon aldrig ha föreställt sig. Dock hade Bengt beordrat Kriminalinspektör Jonas Jakobs att från ett buskage intill Södertäljde Syds parkering för att få reda på fordonets registreringsnummer. Dock skulle det troligen inte leda någonstans.

Johanna bläddrade bland bilderna på sin mobil. Hon log medan hennes dotters ansikte uppenbarade sig på bild efter bild. För några timmar sedan hade hon avslutat sitt, av de nu allt vanligare, kvällssamtal med

Emma. De sena kvällarna i tjänst fick henne att missa en hel del kvalitetstid. Särskilt rutinerna vid sängdags. Hennes man Johan var den som stod för dem. Så även ikväll.

Hon avbröts i sitt bläddrande av Jasons knackningar på rutan. Hon ryckte till och såg först vettskrämt på Jason innan hon väl såg att det var just den samme som stod utanför. Hon öppnade centrallåset på kommandoknappen.

– Hej, sa Jason och stängde dörren efter sig.

– Hej, svarade hon. Hur är det?

Jason log. Vad fan skulle han svara på det?

– Jag vill bara ha det överstökat.

Hon nickade förstående.

– Vi kommer att göra allt vi kan för att frita dig.

Jason log igen och stirrade rakt framför sig. Ja visst, tänkte han. Det kan du få tro.

– Vänligt, svarade han och log ännu bredare.

Klockan var nu tio minuter i midnatt. Ännu ingen skymt av kidnapparna eller pojkarna. Jason drog ett djupt andetag och slöt sina ögon. Försjunken i tankar avbröt Johanna honom.

– Du tror väl att de kommer?

Jason slickade sig om läpparna och öppnade ögonen. Han drog ännu ett djupt andetag och skakade på huvudet.

– Jag hoppas verkligen på det.

Han ryckte på axlarna.

– Men det är mer ditt område, sa han och såg på henne. Kan man lita på de kriminella?

Johanna log fundersamt.

– Ibland kan även de förvåna en, svarade hon och log bredare.

Jason log tillbaka och såg sedan framför sig igen. Ut i dunklet runt bilen.

Hur kan han vara så kylig? tänkte hon och dröjde med blicken. Han måste vara något alldeles extra denna mystiska man?

EN MINUT i midnatt svängde en mörk Volkswagen van in på parkeringen. Den körde ett varv runt parkeringen i hög hastighet. Jason och Johanna följde den med spända blickar. Den tog ytterligare ett varv, rundade åter Johannas tjänstebil men med en lägre hastighet. Vem som än körde så verkade denne nöjd och stannade med fronten mot dem cirka femtio meter längre bort på parkeringen.

Jason stirrade med oberörda ögon på vanen framför dem medan det för Johanna kändes som en evighet av spänd tystnad. Hon såg på Jason som inte rörde en min. Själv andades hon tungt och med vidöppen mun såg hon åter tillbaka på vanen. Två snabba blinkningar med helljuset indikerade att det var dags för bytet.

– Here we go, sa Jason och öppnade dörren.

Han sträckte armarna väl synliga i luften medan han

klev ur bilen. Fortsatt med oberörd blick och normal hjärtrytmen såg han bort mot vanen. En man klev ur passagerarsätet och en annan genom sidodörren. De var båda maskerade men någon form av rånarluva men Jason fick kisa för att kunna se dem då helljuset från vanen bländade honom.

Männen hjälpte sedan de två små pojkarna ut från sidodörren. Ena mannen tog ut ett automatgevär och höll det sedan riktat åt Jasons håll. Den andre vinkade åt honom att stega framåt. Jason drog ett djupt andetag och med händerna fortsatt ovanför huvudet började han röra sig mot dem.

Johanna öppnade dörren och klev ur bilen då Jason stegat sig tio meter längre fram. Hon såg med skärrade ögon på skådespelet framför sig. Händer det verkligen? tänkte hon. Är detta på riktigt? Allt var så surrealistiskt.

Efter ytterligare tio meter sa en av männen något till pojkarna och ledde dem framåt. Jason kunde nu se att de båda bar huva över huvudet och med staplande steg famlade de sig framåt. Mannen stannade och lät dem gå vidare själva. Mannen med geväret höjde det till axeln och höll sikte på Jason.

Några meter senare passerade han pojkarna. Han kunde höra hur de snyftade medan de försökte att lokalisera sig i blindo. En av pojkarna snubblade men han ta emot sig innan han slog i asfalten. Jason gissade på att det var Benjamin då denne var ett huvud kortare än sin äldre bror. Han fortsatte att fokusera på männen framför sig.

Johanna började nu ropa pojkarnas namn för att orientera dem samtidigt som hon gick för att möta dem. Samtidigt som hon nådde dem kunde hon se hur männen tog tag i Jason. Ett kraftigt slag i magen delades ut varpå han föll till marken. Där stod hon maktlös medan gevärets hölje träffade han intill käkbenet.

Jason såg bort mot Johanna och pojkarna, log medan han såg Johanna omfamna dem. En huva sattes över hans huvud, ytterligare ett slag delades ut mot hans käke och sakta föll han in i medvetslöshet.

DEL 2

"Du kan kalla mig Liemannen, för det enda som står mellan dig och döden, är att inte ett enda hårstrå har krökts på den kvinnan."

— *Jason Ross*

KAPITEL 26

MÄNNEN SLÄPADE den yrvakna Jason Ross genom den mörka källaren. Genom den tunna huvan kunde han se vattenrören i taket. Kände den unkna doften av gammal instängd källare. Kände smaken av blod. Hur det ömmade från den brutna näsan.

Männen gick på varsin sida om honom. Armkrok. Han kände sig yr och hade svårt att stödja sig på benen. Handlederna var hopknutna med någon form av tillhygge. Hårt åtdraget.

I den trånga källarkorridoren släpade de honom över några brädor, delarna av en gammal solstol och vidare in i ett mindre rum intill det oanvända garaget. Väl där placerades Jason på en ostabil och vinglig träpall. Huvan slets av och det lilla ljuset från taklampan irriterade Jasons ögon innan de sakta vande sig.

De två männen såg på honom.

– Du är inte vad vi väntat oss, sa den ena med dålig

svenska.

Han tog tag i Jasons hår och drog hans huvud bakåt. Näsblodet rann nerför hans käke och vidare i form av droppar ner på hans linne.

– Du ser tuff ut, fortsatte mannen. Få se hur tuff du är.

Han släppte taget om Jasons hår och sekunden senare, då Jasons huvud åter föll framåt, slog mannen ett hårt knytnävsslag över hans käke. Jasons huvud följde slagets kraft åt höger. Han drog tungan över den spruckna underläppen och spottade sedan ut en sörja av saliv och blod på golvet innan han vred tillbaka huvudet, såg på mannen och gav ifrån sig ett provocerande leende.

Mannen såg inte lika road ut. Men sen skakade han på huvudet och log han med.

– Kanske du är tuff i alla fall.

Det var inte samma röst som den man Jason talat med i telefonen. Han förstod att detta inte var något annat än några lakejer. Säkerligen fanns inte heller Maria i närheten.

– Vart är hon? frågade han och spottade ut mer blod framför sig.

Männen såg på varandra och skrattade.

– Ni kommer att träffas, sa mannen. Tro mig.

Jasons ögonbryn var sänkta. Han såg med svarta ögon på mannen. Ilskan pulserade på insidan medan mannen lutade sig fram mot honom.

– Patrik, eller hur? Han log. Det är ditt namn va?

Jason satt tyst och stirrade rakt framför sig.

– Hon kommer att skrika det rakt ut medan vi sliter dig i stycken.

Jason gav inte en min. Sammanbiten satt han i tystnad.

De båda männen skrattade och lämnade honom. Dörren slogs igen bakom dem och låstes. Han kunde höra hur deras röster blev mer dova ju längre bort de kom. Till sist hörde han deras fotsteg i den knarrande trappan. Sedan tystnad.

Han såg sig om i rummet. Betongväggar. Betonggolv. En gammal brunn med rostig lock i ena hörnet. Troligen en gammal tvättstuga. Förutom pallen han satt på var rummet tomt på inredning. Ett mindre fönster alldeles intill marknivå. Han skakade på sitt ömmande huvud. Harklade sig och spottade ytterligare en blodig loska framför sig.

Fan, tänkte han. Även fotlederna var sammanknutna. Med strypes i plast. Troligen var de bakbundna händerna knutna med samma. Finns bara en sak att göra. Han slöt ögonen och drog ett djupt andetag. I några sekunder satt han ner och samlade kraft. Sedan reste han sig upp. Balanserade. Huvudet värkte än värre och han var tvungen att sluta ögonen på nytt för att inte falla omkull. Han andades ut och öppnade sedan ögonen. Okej, tänkte han.

Han bet ihop hårt och spände varenda muskel i

kroppen. Händerna placerade han så nära sin högra höft som det bara var möjligt. Han drog ett djupt andetag och gjorde några snabba utandningen innan han slutligen med kraft föll åt sidan. Tummen på hans högra hand var först med att träffa det kalla betonggolvet. Tänderna bet han ihop allt hårdare då vikten från hans kropp fick tummen att brytas av. Det knakade rejält från skelettet och smärtan fick honom att gapa och ett hest skrik lämnade hans strupe.

Helvete, tänkte han medan blicken blev suddigare. Han stirrade upp i det mörka taket med dess rostiga järnrör innan han återigen föll in i medvetslöshet medan de första solstrålarna sakta smög sig in genom det lilla källarfönstret.

KAPITEL 27

BENGT WESTERBERG satt tyst och blickade ut över samlingen runt bordet. Han såg sliten ut. Istället för den vanliga klädseln med skjorta, slips och kavaj hade han en Piké-tröja och jeans. Han satt bakåtlutad i stolen. Det vita skägget var något längre än vad han vanligtvis lät det vara och ögonen var trötta.

Kriminalinspektör Johanna Åhlén kände för visso inte Bengt mer än ytligt men även hon såg att något var fel där hon studerade honom. Hennes manliga kollega Kriminalinspektör Jonas Jakobs petade på den tomma kaffemuggen framför sig. Johanna tog den sista klunken ur sin mugg och ställde den sedan framför sig. Det var tidig morgon och än hade hon inte sovit mer än någon timme efter nattens byteshandel i Södertälje.

Några andra poliser fanns där runt bordet. Hon visste inte vilka de var.

Bengt harklade sig och fick deras uppmärksamhet.

– Nattens operation gick inte som förväntat, började han.

Han suckade. En lögn var förberedd och han skulle nu vilseleda sina mannar. Allt enligt överenskommelse med Justitieminister Carl Hermansson. Han skakade på huvudet. Nattens operation fanns inte ens. Den hade aldrig ägt rum. Alla som vetat om byteshandeln var han själv, de två Kriminalinspektörerna Åhlén och Jakobs samt såklart Jason Ross.

– Den svarta Van som kidnapparna färdats i är nu försvunnen, fortsatte han. Span lyckades inte hänga på dem.

Han tog en paus. Span var aldrig informerade.

– Bilens plåt överensstämde inte med bilen. Förfalskad.

Inte heller det var sant. Inget registreringsnummer hade kommit till polisens kännedom. Bengt satt bara där framför dem och hittade på fakta som inte var korrekt. Han såg på var och en i rummet. Av vad han kunde läsa av så såg alla ut att köpa hans lögner. Ingen sa emot. Ingen ställde frågor. Ingen såg skeptisk ut.

Han lutade sig framåt. La armbågarna på bordet.

– Okej, sa han. Hur går vi då vidare?

Johanna var den första att bryta en kortare tystnad.

– Vi lyser Jason? Någon har kanske sett dem? Sett Jason?

Bengt satt tyst först. Fundersam.

– Då finns risken att vi avslöjar att han inte är den

han utgett sig för att vara, svarade han och mötte Johannas blick.

Hon nickade.

– Vad har vi då? frågade sig Jonas. Vad har vi på Castro Chavez?

Bengt kliade sig i skägget.

– Ja, sa han. Vi har en hel roman på den mannen men saknar bevis.

– Vet vi om han finns i Sverige? frågade en kvinnlig polis i uniform.

Bengt skakade på huvudet till svars.

– Om vi fokuserar på Maria Sandén och Patrik Larssons affärer kanske vi finner något som kan föra oss till kidnapparna, sa Johanna.

Bengt gnuggade sina trötta ögon.

– Låt oss göra det, beordrade han. Jonas.

Jonas såg på honom.

– Du tar befälet här. Sätt in gruppen i situationen.

Jonas nickade.

– Och du Johanna, fortsatte han. Du åker till mitt hotellrum och sover några timmar.

– Men... försökte Johanna.

– Jag ser hur trött du är, fortsatte Bengt. Sov och kom sen tillbaka utvilad.

Johanna, som visserligen var utmattad, nickade tillslut medgivande och reste sig upp.

– Jonas, påbörja arbetet.

Bengt reste sig även han.

– Vad ska du göra? frågade en manlig uniformerad polis.

Bengt såg på honom.

– Jag ska med på förhöret av pojkarna. En specialist på barnförhör ska förhöra dem om en kvart.

De andra nickade förstående och Jonas reste sig och inledde arbetet medan Bengt och Johanna lämnade rummet.

KAPITEL 28

Stålet från kökskniven blänkte i skenet från takkronan. Han såg på den sovjetiske mannen. Han visste inte vad mannen pratade om. Skakade återigen på huvudet.

Mannen verkade ändå inte övertygad.

– Din far skrev? frågade mannen.

Han nickade.

– I sin bok?

Han nickade igen.

– Bra. Mannen log. Vart är då boken?

Han ryckte på axlarna.

Mannen såg inte nöjd ut och skakade på huvudet, såg sedan på sin kumpan och sen tillbaka på pojken.

Brodern stod snyftandes. Fortfarande fast i den överviktige mannens grepp. Framför honom på bordet låg en pistol. Om han var tillräckligt snabb, tänkte han. Kanske kunde han befria dem? Mannen synade noga pojken framför sig.

– Du är tuff, sa mannen. Hur gammal är du?

Han satt tyst. Mannen log igen och såg åter på sin överviktiga kumpan. I samma sekund kastade han sig över bordet. Sträckte ut armen mot den svarta revolvern på bordet. Skenet från det blänkande knivsegget skar genom luften innan det med kraft trängde igenom hans hand och naglade sig fast i bordskivan. Chockerat såg han på mannen som lika chockat såg tillbaka på honom.

Broderns hjärtskärande skrik skar igenom den tysta natten. Själv kunde han varken skrika eller röra sig. Och handen satt alltjämt fast i den runda bordsskivan.

KAPITEL 28

JASON ROSS öppnade sakta ögonen. Solen sken nu in genom det lilla källarfönstret. Yrvaket lyckades han sätta sig upp. Handen med den brutna tummen värkte. Han blinkade några gånger för att vänja sig vid ljuset i källarutrymmet. Svetten rann nerför hans panna. Han undrade hur länge han varit utslagen?

Han drog ett djupt andetag och påbörjade sedan det smärtsamma försöket att pressa handen med den brutna tummen genom plaststrypen. Han bet ihop tänderna i ett smärtsamt ansiktsyttryck. Sakta gled den brutna tummen förbi. Sekunderna senare var hans händer fria. Han andades ut och skakade på huvudet. Satan, tänkte han. Det gör verkligen ont. Undrar om McGuyver kommit på denna lösning?

Han såg sig om i rummet. Fönstret, tänkte han. Han tog tag i pallen. Med grimaserande ansikte använde han även den skadade handen för att bryta loss ett av pallens tre ben. Med fria händer kunde han förflytta sin kropp bakåt. Med pallbenet i den ena handen pressade han ryggen mot väggen och tryckte på med benen för att komma upp till stående.

Jag hoppas att de inte hör nu, tänkte han och knackade lätt på fönstret med pallbenet. Lite till. Lite hårdare. Stannade upp och lyssnade. Inga knarrande ljud från trappan. Ett slag till. Glaset i fönstret gav nu vika och en större skärva föll till golvet. Han satt sig ner. Släppte ifrån sig träbenet från pallen och tog istället upp glasskärvan.

Han drog knäna åt sig, särade något på dem och började skära med glaset mot den plaststryp som höll hans fotleder fastbundna i varandra. Med jämna mellanrum stannade han och satt tyst för att höra om någon aktivitet hördes från trappan eller övervåningen. Efter någon minut var så även hans ben fria.

Han såg sig omkring. Det fanns ingen möjlighet för honom att ta sig ut. Fönstret var för litet. Och dörren var troligen fortfarande låst. Han reste sig upp. Såg upp i taket och stod en stund fundersamt.

De utanpåliggande vattenledningarna gick över taket och längst väggen ner mot golvet. De slutade sedan någon decimeter ovanför golvet borta vid den stinkande brunnen. Han gick över dit, ställde sig på huk och kände med den friska handen på ena röret. Slet i det. Visst hängde det en aning löst.

Den andra handen hade antagit en blåare nyans.

Svullnaden runt tummen var påtaglig. Trots detta la han bägge händerna i ett stadigt grepp runt röret. Tog stöd med benen mot väggen och pressade sig bakåt. Hans biceps spändes till bredden och röret gav sakta men säkert vika någon meter upp. Rostigt som det var kunde han sedan bända det fram och tillbaka tills det slutligen släppte helt.

Nu är det bara att vänta, tänkte han och såg bort mot den låsta dörren. Han sjönk ihop mot väggen intill dörren. Med tomma ögon stirrade han rakt fram. Vart var Mia? Den själviska kvinnan. Det fanns inte en chans att hon skulle göra samma sak för honom. Han lyfte handen och såg på den skadade tummen. Men inte kunde han bara strunta i det? Jag gör det rätta, tänkte han och sänkte åter handen.

Han stängde ögonen och såg istället Lisa Bendts nakna kropp framför sig. Han log. Hennes vackra leende. Den söta norska brytningen. Skulle han få se henne igen? Han öppnade åter ögonen. Undrar vad hon gör just nu?

KRIMINALINSPEKTÖR JONAS Jakobs såg fundersamt på Bengt Westerberg som nu var åter hos gruppen efter sin medverkan vid förhöret av pojkarna. Dessa hade dock inte haft mycket information att dela med sig av och var nu återförenade med sin far. Dock var det bara för en kortare stund då Patrik Larsson var fortsatt arresterad.

– Jag tänkte på en sak, sa Jonas.

Bengt nickade men såg aldrig upp från de papper han bläddrade bland.

– Jason, fortsatte Jonas.

Bengt såg upp.

– Vad är det med honom?

Jonas harklade sig.

– Jag tänkte att det kanske finns något i hans förflutna som kan leda oss någonstans.

Bengt tyckte inte om vad han hörde.

– Jag sökte efter honom i databasen men kan inte hitta någonting. Inte ens hans bostadsadress?

Bengt spelade förvånad även om han i själva verket inte var det. Efter allt så var det ju han själv som låst Jasons mapp. Hemlighetsstämplat honom på begäran av Regeringen.

– Jaså? svarade han medan Jakobs studerade honom med sin fundersamma blick. Jag vet inte om Jason gjort något i sitt liv.

Han log.

– Om man räknar bort det han gjorde i Oxelösund förstås.

Jonas suckade. Han fattade misstankar om att något skumt försiggick vad gällde Jason.

– Vet du vad, sa Bengt. Jag tar reda på vad jag kan om Jason. Ni fortsätter som tidigare bestämt med Patrik Larssons affärer. Okej?

Jonas nickade förstående samtidigt som Johanna Åhlén kom in i rummet.

– Hej, sa hon.

Hon hade för ovanlighetens skull håret utsläppt. Det vilade nu istället bakom hennes öron. Hennes ögon var glansiga och något rödsprängda.

– Hej, svarade Bengt. Skulle inte du sova?

Hon nickade.

– Jo, jag sov en stund men... ja, det gick sådär.

Bengt nickade förstående. Han förstod precis. Som polis var det svårt att släppa taget.

– Inspektör Jakobs uppdaterar dig, sa han och såg mot Jonas.

Jonas nickade till svar.

– Tack, sa Johanna. Jag ska bara hämta en kopp kaffe först.

ÄNTLIGEN KNARRADE den gamla trappan. Jason öppnade ögonen och släppte tankarna på den dansande Lisa Bendt. Han drog ett djupt andetag och reste sig försiktigt upp. Han hade rivit sönder en del av linnet och lindat det hårt runt den brutna tummen för att stabilisera den. Dock kände han varje hjärtslag dunka i handen.

Ljudet av fotstegen i källarkorridoren närmade sig utanför dörren. Han höll järnröret med båda händerna och stod där väntandes. Nyckeln på utsidan vreds om och handtaget trycktes neråt. Han andades lugnt och höjde röret. Dörren öppnades. I samma sekund som personen uppenbarade sig i öppningen ven röret genom luften.

Blod stänkte på väggen då röret träffade över ansiktet. Ett stilla stön var allt som hördes. Sedan en duns då mannen sjönk ihop på golvet. Jason såg på honom, tog ett snabbt steg i sidled och såg ut i den dunkla korridoren för att försäkra sig om att mannen kommit ensam. Korridoren var tom. Inga ljud hördes heller från trappan. Han släppte järnröret, böjde sig ner och tog tag om mannens fotleder för att sedan dra in honom i rummet. Sittande på huk sökte han igenom hans fickor. Ingenting.

Mannen var glest skäggig. Tunnhårig. Ingen skönhet, tänkte han och höjde ögonbrynen. Mannen blödde kraftigt från näsan där järnröret träffat honom. Det var inte mannen som tidigare slagit honom över käken. Jason reste sig, tog några steg ut i korridoren, stängde dörren efter sig och låste. Tog några steg till och smet sedan in i garaget. Han såg sig omkring. Fanns där något han kunde använda? Han såg mot de dubbla garageportarna i ruttet trä och funderade en stund på att detta var hans chans till flykt. Men då skulle han aldrig få veta var Mia fanns. Han skakade på huvudet, suckade och fortsatte att leta bland allt bråte.

Fan, här finns ju inget användbart.

Den andra mannen satt i vardagsrummet. Jason kunde höra ljudet från teven. Han kunde skymta mannen i soffan. Då och då skrattade han till något skämt. Jasons ögonbryn var sänkta. Fokuserat smög han igenom hallen. Förflyttade kängorna så ljudlöst han bara kunde över parkettgolvet.

Utanför fönstret hade det tidigare solskenet byts ut mot mörka moln och ett oväder verkade närma sig. Jason såg in i köket från hallen. Det var öde. Mannen i vardagsrummet och den man han låst in i källaren verkade vara de enda personerna i huset. Han tog några försiktiga steg närmare kökets ingång. Fanns där inget han kunde använda? Ett hus ägt av kriminella men inga vapen fanns liggandes? Han skakade på huvudet och såg ner i diskhon.

En kökskniv. Han höll den i sin hand. Stirrandes. Först på kniven. Sedan på det stora ärret ovanför knogarna. Med vidöppen mun och tung andning. Han blundade och lät minnena passera för hans inre i någon minut. Drog sedan ett djupt andetag och andades ut. När han åter öppnade ögonen var de svarta av ilska.

MANNEN I vardagsrummet såg misstänksamt ut mot hallen. Vad var det för ljud? Han knäppte av ljudet på teven och lyssnade noggrant. Knackningen hördes igen. Var det någon vid dörren?

– Yamal? ropade han.

Inget svar.

– Yamal?

Fortfarande inget svar.

– Men vad fan, sa han för sig själv och reste sig ur soffan.

Han kastade fjärrkontrollen på soffan, tog pistolen från bordet och gick mot hallen.

– Yamal! Hur lång tid ska det ta att...

Runt hörnet i hallen stod Jason väntande. Just som mannen tog klivet ut i hallen satte han kökskniven i hans lår. Den nyligen mumlande mannen skrek nu ut sin smärta. Jason vred om kniven och slog sedan med armbågen mot mannens ansikte.

Mannen tappade pistolen och föll skrikande till golvet. Jason plockade snabbt upp pistolen, riktade den framför sig och såg sedan på den chockade mannen som desperat försökte få loss kniven från sitt lår.

Jason spottade lite blod framför sig. Hukade sig sedan ner över mannen. Såg honom djupt in i de skärrade ögonen.

– Du snackade om tuff? sa han. Jag är den tuffaste du någonsin träffat.

Han tog tag i mannen, reste sig och släpade denne in i vardagsrummet. Med kraft lyfte han upp honom och kastade ner honom på den bruna skinnsoffan. Riktade pistolen mot hans tinning samtidigt som han tog ett tag om knivskaftet. Han släppte inte mannens blick medan han kvickt drog kniven ur hans lår. Mannens andning var ansträngd. Nästintill hyperventilerade. Jason tog en gammal stol, drog den till sig och satt sig. Under en stund satt Jason och stirrade på mannen. Lät honom lugna ner sig en stund. Handen värkte och återigen rann näsblodet nerför hans mun.

– Vart är hon? sa han tillslut.

Mannen som nu lugnat sig något svalde hårt men fick inte fram ett ord.

Jason skakade på huvudet.

– Vart är hon? Tonen var mycket irriterad.

– Jag.. jag.. vet.., stammade mannen.

– Vart? röt Jason.

Mannen svalde igen.

– Jag vet inte, svarade han. Vi skulle bara hålla dig här. Jag vet inte.

Jason drog ett andetag och besvärades av den brutna näsan som gav ifrån sett ett dovt tjut var gång han andades ut.

– Vem är boss?

Mannen svarade inte. Jason suckade.

– Jag lovar, sa han. Jag skär ut ditt hjärta medan du fortfarande andas.

Mannen skakade febrilt på huvudet.

– Nej, nej, stammade han. Jag har ett nummer.

Vilken jävla tönt, tänkte Jason. Tränad i att aldrig dela med sig av hemligheter eller förråda makterna över sitt huvud fann han mannen framför sig som en riktig råtta. Visserligen ville han att mannen skulle tjalla. Han visste att mannen skulle tjalla. Men inte trodde han att det skulle vara så här enkelt. Han skakade på huvudet. Undrar just hur de kriminella rekryterar nu för tiden?

– Okej, sa han. Då ringer vi.

Mannen sträckte sig efter mobilen i fickan.

– Du ber honom komma hit, sa Jason. Få honom att komma hit. Ett ord om att jag är här eller en antydan att något gått fel och jag svär... Han såg allvarligt på mannen. Jag låter din hjärna måla väggen bakom dig.

Han riktade pistolen mot mannen för att visa allvaret i situationen. Mannen såg med rädda ögonen på Jason och nickade förstående.

– Bra. Ring.

KAPITEL 30

LISA BENDT satt med en rykande kopp te vid köksbordet i sin trånga trerumslägenhet. I korta röda shorts, ett vitt linne och med brösten bara inunder njöt hon av sin lediga förmiddag. Frukosten hade hon redan avverkat. En mindre släng av retsam hosta hade fått henne att för ovanlighetens skull blanda ihop koppen med varmt kamomillte och honung.

Hon rörde sakta om skeden i koppen medan hennes tankar vandrade iväg. Hon log brett. Jasons kropp. Den muskulösa mannen. Hon skakade på huvudet och med båda händerna lyfte hon koppen till munnen. Herre jävlar, vilken natt! tänkte hon. Och som han kunde hålla igång. Koppen stod åter på bordet och skeden cirklade igen för att bryta sönder de sista klumparna av den söta honungen.

Hennes känslor var blandade. Under krogbesöket såg hon Jason som en fantastisk chans att få sig ett välbehövligt och efterlängtat ennattsknull. Redan då han rådfrågat om sina festplaner för kvällen med läkaren hade hennes fantasi börjat skena. Men då, just då, var det allt han var för henne. Ett ennattsknull. Ett rejält sådant.

Nu i efterhand var det annorlunda. Ofta dominerade denna ex-militär, med vad som verkade vara en hel uppsjö av diverse komplex, hennes tankar. Vilket hon fann underligt. Jason var inte alls hennes typ. Eller jo, tänkte hon. Jason är nog varje kvinnas våta dröm. Men han var ingenting som de män hon dragits till tidigare. Ingenting likt hennes ex-pojkvänner. Där av var hennes känslor blandade och hennes tankar förvirrande.

Efter att ha avslutat den halsvärmande teblandningen hade hon nått sitt beslut. Hon tog upp telefonen. Såg på skärmen. Tvekade. Bet sig i läppen och la sedan ner den, stirrade konfundersamt på den för att sekunderna senare åter ta upp den.

– Men skärp dig, sa hon högt. Vad har du att förlora?

Hon drog en djup suck och letade sig fram till Jasons nummer. På telefonen döpt till *Mr. Muscle"*. Hon log åt sig själv och det löjliga smeknamnet men det var vad hon på berusningen av för mången tequila valt att namnge det nummer han gett henne.

I väntan gick signalerna fram men i besvikelse kom inget svar tillbaka.

KAPITEL 31

FRAMFÖR SPEGELN i det vidriga badrummet studerade Jason sitt sargade ansikte.

Efter att mannen i vardagsrummet ringt sitt samtal hade Jason bundit fast honom på en stol och sedan tejpat över hans mun för att slippa höra honom. Han var trött och huvudet värkte värre och värre för var minut. Han såg på den brutna näsan och skakade på huvudet.

Under en stund stod han likt hypnotiserad och stirrade på sin spegelbild medan han åter stålsatte sig för vad som komma skulle. Han slöt sin hand i ett stadigt grepp med tummen över den ena näsborren, pekfingret över den andra och slöt sina ögon. Han drog ett djupt andetag och vred sedan näsbenet med hjälp av tummen. Ett knakande knyck senare kände han hur luftvägarna återigen öppnade sig medan smärtan dröjde sig kvar.

Mer blod forsade nerför hans överläpp. Han spottade några gånger i handfatet och spolade sedan noga bort det genom att skvätta det rinnande vattnet med handflatan. Han såg sig åter i spegeln. Det vänstra ögonbrynet var spräckt och det porlande blodet störde hans syn då det rann ini hans öga. Fan, tänkte han och lämnade badrummet.

I ett av rummen som liknade något gammalt arbetsrum sökte han igenom lådorna i det gamla skrivbordet. Där, i översta lådan, hittade han vad han letade efter. Han höll den i sin hand och suckade. Ja, tänkte han. Vad ska jag annars göra? Han vände om och befann sig några sekunder senare återigen framför spegeln i det smutsiga badrummet. Från vardagsrummet kunde han höra hur mannen förgäves försökte bryta sönder den strama silvertejpen runt handlederna.

– Okej, sa han med låg röst. Nu gör vi det här.

Med vänster hand klämde han ihop såret i ögonbrynet mellan tummen och pekfingret. Han drog ett mycket djupt andetag och höjde sedan högerhanden med häftapparaten mot såret. Han kunde känna hur apparaten omfamnade ögonbrynet. Han slöt sina ögon och ville inte längre se sig i spegeln. Han andades in och lät sedan kraften i handen pressa ihop apparaten över såret. Visserligen gick det fort. På mindre än en sekund hade apparaten pressat ihop sig över ögonbrynet, låtit stiftet gå igenom huden, genom såret och sedan ut på undersidan för att där böja sig på plats. Han öppnade sina ögon och såg skärrat på stiftet som omslöt såret.

Det kommer behövas ett till, tänkte han, blundade och påbörjade processen på nytt.

BENGT WESTERBERG hade just satt sig tillrätta i kontrosstolen då mobilsignalen ljöd från bröstfickan på den svarta kavajen hängandes borta vid dörren.

– Förbannat.

Han reste sig åter och förflyttade besvärat sin kroppshydda, fiskade upp telefonen ur fickan och såg fundersamt på det nummer han inte kände till. Några kortare sekunder senare gav han grön lur och lade telefonen mot örat.

– Hallå?

I andra änden harklade man sig kort.

– Det är jag.

Bengt spärrade upp ögonen.

– Jason?

– Lyssna, sa Jason.

Bengt avbröt honom.

– Mår du bra?

Bengt log och skakade på huvudet. Hur i hela..? tänkte han. Är denna jävla galning gjord av stål eller? Visst trodde han att Jason förr eller senare skulle ta sig fri. Men nu? Några timmar efter att han slagits medvetslös och tvingats in i ett sällskap av väl kända kriminella? Herregud, tänkte han. Du milde.

– Ja, svarade Jason. Jag mår bra. Sluta avbryt och lyssna istället.

Bengt nickade konstigt nog till svars och stod sedan tyst.

– Så här, fortsatte Jason. Jag är i något jävla ruttet torp någonstans. Jag har en tuffing inlåst i källaren, troligen vid liv.

Bengts ögon spärrades upp än mer. Fan, tänkte han. Jag visste att det skulle bli en massa att städa upp efter honom.

– Den andra är fasttejpad i vardagsrummet.

Bengt suckade.

– Okej, sa han. Och Maria?

En kort tystnad.

– Nej, hon är inte här.

Nej, tänkte Bengt. Det hade ju varit för bra för att vara sant.

– Men, fortsatte Jason. En tredje snubbe är på väg hit. Han vet tydligen mer och jag tänker få honom att leda mig till henne.

Bengt stod tyst.

– Okej, sa han tillslut. Vad kan vi göra?

– Jag ringer tillbaka till dig inom kort. Spåra detta nummer och försök följa i mina fotspår.

Bengt skakade på huvudet och drog ett djupt andetag.

– Okej, men... hur?

Jason log i sin ände av linjen.

– Jag lämnar lite efter mig. Han gav ett stilla skratt. Ni lär inte missa det.

Bengt satt med vidöppen mun och såg fundersamt framför sig medan samtalet klickades i den andra änden.

Jävla Jason, tänkte han. Förbannade Carl Hermansson.

EN GAMMAL risig SAAB 9.3 parkerade på grusgången. Motorn brummande en stund innan den slutligen stängdes av. Allt som hördes var de glesfallande regndropparna som sprack mot bilens rostiga yttre. Solen sken visserligen igenom de mörka molnen på himlavalvet men det hindrade dem inte från att släppa ifrån sig en mindre skur.

Mannen såg med allvarlig blick på det bruna huset vars träfasad hade börjat vittra sönder längst grunden. Huset såg öde och spöklikt ut. Den tidigare svarta färgen runt fönsterfodret hade flagnat och flertalet av takets tegelpannor hade krossats mot marken i sviterna av fallen från sin ursprungsplats. Allt var sig likt. Men något kändes fel.

Han trummade en stund nervöst med dödskalleringspryda tummen mot ratten. Efter en stunds fundersamhet öppnade han bildörren och lät regndropparna falla i det svarta håret och vidare rinna nerför skinnjackans glans. Han slog igen dörren. Gruset knakade under de svarta läderbootsen. Han såg sig ängsligt omkring.

Den svarta Vanen stod parkerad intill husknuten, vid källaringången.

Det var något med rösten, tänkte han och närmade sig den spruckna betongtrappan. Någonting i Leos röst som kändes oroväckande. Han stannade till vid det första trappsteget. Inte ett ljud hördes inifrån huset.

Första trappstegen. Tystnad. Andra steget. Han lyssnade noga men inget hördes.

Fan, tänkte han. Kan det vara snuten?

Leo avslöjade inget om samtalets orsak utan hade helt kort bett honom komma till huset snarast möjligt. Inget ovanligt med det. De där idioterna brukade kunna ställa till det. Men det kändes ovanligt lugnt just denna förmiddag.

Sista trappsteget och dörren knakade i gångjärnen då han drog den åt sig. Tystnaden i huset var nästan skrämmande medan han såg sig om i den lilla hallen. Till vänster hade han källartrappen och till höger det stökiga köket. Han stod en stund tyst och funderade.

– Leo? ropade han sen och harklade sig. Leo vart är du?

– Här inne, kom svaret tillbaka med en hes stämma från vardagsrummet.

Han såg skeptiskt mot rummet. Några steg närmare

tog han upp ett basebollträ som stått lutat mot väggen. Han höll det i ett hårt grepp i högerhanden men dock nedsänkt. Väl i dörröppningen såg han Leo sittandes i soffan, stirrandes på den avstängda tjock-TVn.

– Leo? upprepade han och tog ett steg in.

Från ingenstans dök så plötsligt armen ut. Knivstålet tryckte mot adamsäpplet. I ögonvrån såg han en blodig best vars tatuerade arm höll kniven i ett stadigt grepp mot hans strupe. Svarta ögon stirrade på honom medan besten, utan att släppa knivens fokus, ställde sig inför honom. Han svalde hårt. Torkat blod runt det vänstra sargade ögonbrynet och dess skäggstubb var mer rött en svart. Han stirrade med skärrad blick. Det såg ut som om besten framför honom just ätit en måltid bestående av mänskligt blod.

Besten log.

- Welcome to the party!

KAPITEL 32

KRIMINALINSPEKTÖR JOHANNA Åhlén såg irriterat ner på sitt armbandsur. Kriminalinspektör Jonas Jakobs kluddade med bläckpennan på sitt block. De var båda där när mötet skulle inledas. Rikspolischef Bengt Westerberg var det inte.

Femton minuter efter utsatt tid masade han sig andfådd in i mötesrummet. En besviken blick från den ständigt pådrivande Åhlén och en obrydd blick från Jakobs. Men Bengt besvärade inte med att möta dem. Istället kavlade han upp ärmarna på den ljusblå skjortan, slog sig ner på stolen och drog ett andfått andetag.

– Jason är fri.

De båda inspektörerna såg på varandra och sedan på Bengt.

– Han tog sig fri i natt men befinner sig fortfarande i det torp till vilket de tog honom.

Johanna, vars blick nu gått från irriterad till häpen, log imponerat.

– Det var som fan, sa Jonas. Hur...?

Bengt ryckte på axlarna.

– Inte en aning. Men Jason är Jason.

Även Jonas log nu. Ingen av dem hade i sin vildaste fantasi kunnat tro att någon skulle kunna genomföra något sådant.

– Och Maria? frågade Johanna försiktigt.

Bengt skakade på huvudet.

– Hon fanns inte i torpet.

Jonas såg ner i bordet. Johanna suckade.

– Men Jason tar nu upp jakten på henne. Bengt skakade på huvudet. Tyvärr lär han inte ge sig förrän även Maria är fri.

– Ursäkta, sa Jonas. Men hur har allt detta kommit till er kännedom?

Bengt spände fundersamt ögonen i Kriminalinspektör Jakobs. Han har verkligen många frågor angående Jason, tänkte han.

– Jason ringde och berätta detta, sa han till svars. Och han kommer att ringa igen för att vi ska kunna spåra torpet via numret.

Johanna och Jonas satt tysta och nickade endast till svars.

– Tyvärr lär inte Jason själv befinna sig där när vi väl hittar torpet men vi lär bli varse om hans lokalisering inom kort. Och vi ska nu vara redo att följa varje spår.

Jag vill att vi som professionella utredare hittar Maria, hittar Jason och stänger detta fallet.

De två inspektörerna nickade åter.

– Jason må visa vägen men det är vår uppgift att i slutänden lösa detta och inte låta en civil hamna i fara för att vi låtit honom ta lagen i sina egna händer.

Han såg på de båda.

– Absolut, svarade Johanna. Vi är redo.

Bengt nickade och likaså Jonas.

– Men? sa han. Hur ska vi bli varse om Jasons steg?

Bengt log och skakade på huvudet.

– Det vet jag inte än, svarade han. Men känner jag Jason rätt lär vi kunna följa hans steg på Tv-nyheterna.

KAPITEL 33

MARIO VARGAS, 26, andades tungt genom näsan. Sittandes på en stol med händerna hoptejpade bakom ryggen. Silvertejpen hade snurrats två varv över hans ögon och mun. Nu satt han där stilla och lyssnade skräckslaget ut i tystnaden. Allt som hördes var ibland Leos snyftande. Mario ansträngde sig för att lyssna efter stegen men hörde dem inte längre. Var besten borta?

– Någonsin dödat en man med dina bara händer?

Rösten ställde frågan lågmält, nästan viskandes intill Marios öra. Så nära att han kunde känna dess utandning mot kinden. Mario skakade på huvudet.

– Just ögonblicket när livet slocknar i ögonen, fortsatte rösten. Nu något högre. Mer ett normalt tonläge. Det är du som avgör om personen ska få leva eller dö.

Jason var tyst en stund och studerade Marios

beteende där denna satt svettig på stolen. Marios andning var tung medan Jason knappt avlägsnade ett ljud.

– Välja på att bli en frälsare eller martyr.

Leos snyftande fortsatte i bakgrunden.

Jason lyfte Glocken han tidigare avlägsnat från Marios byxlinning. Han satte mynningen mot Marios huvud. Intill tinningen. Och tryckte av. Ett klick men inget skott.

Mario höll andan med vidöppen mun. Lite dregel rann från mungipan ner på hakan.

– Konstigt, sa Jason och vred på pistolen framför sig. Vad hände där?

Han satte den åter mot Marios tinning.

– Vi försöker igen.

Mario kved och Jason förstod att han nu grät.

Klick! Inget skott denna gång heller. Mario stönade högt. Försökte skrika ut sin skräck genom den hårt lindade tejpen. Nu grät han. Ingen tvekan om saken.

Jason log. Satt sig bekvämt ner på en stol mittemot Mario.

– Men vet du? fortsatte han och sträckte sig mot Marios tejpade ansikte. Det blir så jävla rörigt.

Han slet bort en bit av tejpen. Magasinet hade han sedan tidigare avlägsnat. Hans plan var inte att skjuta mannen framför sig. Han kunde vara till användning. Men han behövde honom rädd. Behövde hans respekt.

– En massa blod. Kroppar. Du vet. En riktig jävla

soppa.

Han slet bort ytterligare en bit och Marios högra öga stirrade skärrat på honom. Några bitar fastnade i Marios svarta lockiga hår. Han kved medan några strån slets bort och dalade tillsammans med tejpen ner till golvet.

– Så, sa Jason när Marios ansikte avtäckts. Hur vi gör är upp till dig. Jag kan vara din frälsare men då får du kämpa lite för det.

Jason log.

– Okej?

Mario nickade.

Jason andades ut och såg sedan en lång stund på den skärrade mannen framför sig. Sedan såg han irriterat på Leo som fortsatte sitt snyftande i soffan. Han skakade på huvudet. Sekunden senare ven knytnäven genom luften. Ett stön och snyftandet upphörde. Han drog en ny suck medan Leos huvud seglade ner i medvetslöshet.

– Du vet inte vem jag är, sa han med svarta ögon spända i Mario. Men jag är trött på era små "boys will be boys"-lekar.

Han skakade irriterat på huvudet.

– Du kommer få en chans. Fattar du? En chans.

Oförmögen att svara muntligt nickade Mario istället förstående.

Jason nickade han med.

– Bra, sa han. Du ska ta mig till henne.

Hans ögon blev än svartare.

– Har du förstått?

Mario nickade. Jason likaså.

Det häftade ögonbrynet störde honom. Han kände sig stel och var gång han rynkade pannan kände han hur häftstiften slet i såret. Även den avbrutna vänstertummen smärtade. Den pulserade som om den innehaft en egen hjärtrytm.

– Så, sa han. Vart är hon?

Någon sekunds tystnad innan Mario skakade på huvudet.

– Jag... Jag vet... Vet inte.

Jason bet ihop tänderna och drog en djup suck.

– Nej, nej, sa han och sträckte sig efter tejpen, drog ur en remsa och reste sig. Då får vi börja om då.

Mario fick återigen en skärrad blick och började stamma än värre.

– Nej, nej... Jag... Jag... Jag kan... Ta reda på det.

Jason avbröt sin handling just som tejpremsan träffade Marios kind.

– Du kan ta reda på det?

Mario nickade.

– Jag vet vem som styr här.

Jason slickade sig om den trasiga underläppen.

– Okej, sa han och satt sig åter ner. Låt höra.

Mario harklade sig.

– Jag är inte den du tror. Du måste tro mig.

Jason rörde inte en min.

– Jag är som du.

Nu log Jason.

– Som mig?

Mario nickade.

– Det är sant. Jag jobbar också för Polisen.

Jason höjde ögonbrynen och smålog.

– Du jobbar för Polisen?

Mario nickade och log försynt.

Jason skrattade någon sekund för att i nästa spänna all ilska i Mario. Hastigt reste han sig. Tog med vänster hand ett stadigt tag om kragen på Marios skinnjacka, slet honom till sig och satte åter Glocken mot hans tinning.

– Tror du att detta är något jävla skämt? skrek han.

Mario slöt sina ögon, skakade på huvudet och började på nytt stamma.

– Tror du jag är någon jävla blåbyxa eller?

Mario stammade än mer osammanhängande medan han hysteriskt kippade efter andan.

– Skulle jag göra så här om jag tillhörde den där jävla blåbärs-armén?

Klick! Klick!

Han släppte taget om Mario och satt sig igen. Mario höll sina ögon fortsatt stängda. Med huvudet framåtlutat skippade han efter andan en längre stund. Han lyfte sedan huvudet, öppnade ögonen och såg på besten framför sig.

– Okej, sa han. Jag är inte som du.

Ingen är nog som det här psykfallet, tänkte han och fortsatte.

– Men jag jobbar åt snuten. Jag är infiltratör. Jag svär.

Pajas, tänkte Jason och såg skeptiskt på Latinon framför sig. Han var så trött av huvudvärken att han inte visste vad han skulle tro längre. Men han hade i alla fall fått den respekt han eftersökt. Mario såg fullständigt knäckt ut.

– Berätta om Mia, beordrade han.

Mario såg upp på Jason med sina rödsprängda ögon.

– Jag vet inte exakt vart hon är, började han. Men jag kan leda dig vidare.

– Jaså? sa Jason. Hur? Till vem?

– Min närmsta boss. Jag kan ta dig till honom. Han vet.

Jason stirrade trött framför sig.

– Okej, sa han. Vart finns din boss?

– I Gnesta.

Jason drog fingret under ögat för att avlägsna det blod som rann från ögonbrynet. Han såg bort mot fönstret och sedan tillbaka på Mario med fundersam blick.

– Vart i helvete är vi?

En kort tystnad.

– I Enhörna, svarade Mario.

Jason höjde ögonbrynen och rykte på axlarna.

– Utanför Södertälje.

Jason nickade innan han reste sig. Han frigjorde Marios bakbundna händer utan att släppa greppet om pistolen.

– Frigör dina ben själv, sa han medan han satte magasinet i pistolen. Försöker du något så spottar jag in pannbenet på dig. Förstått?

KAPITEL 34

BENGT WESTERBERG svarade vid andra signalen.

– Jason, sa han då han memorerat det okända numret. Vart är du?

Jason satt först tyst medan han körde Marios risiga SAAB längst den kurviga vägen.

– Vet inte, ljög han. Men jag kommer lämna några spår.

Han ville arbeta ostört och inte ge Bengts lakejer chansen att hinna ikapp honom och fortlöpa utredningen på laglig väg. Tiden rann iväg och utan hot och våld skulle Marias chanser att överleva minska för var minut.

Bengt suckade.

– Okej, men du är i alla fall inte kvar i torpet. Våra mannar är där nu.

Jason svarade inte.

– Dina offer är vid liv. Inte så vackra men vid liv.

Jason log.

– Vart ska du nu?

– Vet inte, svarade Jason. Jag har en guide med mig.

– En guide?

Jason såg på Mario bredvid sig i framsätet.

– Någon jävla mexare som påstår sig vara en infiltratör.

Bengt såg fundersamt framför sig inne på hotellrummet i Nyköping.

– Jaså?

– Javisst, fortsatte Jason. Kan du verifiera?

Bengt nickade.

– Visst, svarade han. Namn?

Jason gav telefonen till Mario.

– Uppge ditt namn och din handläggare, beordrade han honom.

Mario satte telefonen mot örat medan han höll fast blicken på Jason.

– Mario Vargas. Alias Tigern. Handledare Olof Svenning på Knarkspan.

Han räckte åter telefonen till Jason.

– Och jag är ingen jävla mexare, flikade han in. Jag är Colombian.

– Fick du med det? sa Jason.

– Glasklart, svarade Bengt.

– Bra, återkom med bekräftelse, sa Jason och klickade samtalet.

Han lade telefonen i läskhållaren framför

växelspaken och log.

– Tigern?

Han såg på Mario och log än bredare. Mario skakade på huvudet.

– Vad?

Jason dolde ett mindre skratt och såg åter framför sig.

– Inte direkt det mest respektingivande namnet.

Mario svarade inte.

– Men Tigern? Om du nu heter Vargas. Varför inte typ... Vargen?

Mario såg på den leende besten.

– För att jag är smidig som en tiger, svarade han.

Jason såg skeptiskt på honom med en glimt i ögat.

– Smidig som en tiger?

Mario nickade. Jason skrattade.

– Okej, sa han. Vart ska vi? Tiger.

De befann sig nu inne i Gnestas samhälle, några mil söder om den svenska huvudstaden. Det hade hunnit skymma och den lilla staden låg i tystnad. Enstaka bilar mötte dem och vid en bensinstation hade en samling ungdomar samlats med sina mopeder. I tur och ordning turades pojkarna om att försöka imponera på de unga flickorna genom att stegra upp på bakhjulen.

– Sväng här, svarade Mario och pekade åt vänster. ¨

Jason svängde in på en tvärgata.

– Berätta om din boss, sa han.

Mario vred sig i sätet och kände sig inte bekväm i

situationen. Tänk om denna best avslöjade honom. Han skulle ses som en råtta i den undre världen. En golare. Få ett pris på sitt huvud och tvingas fly landet tidigare än vad han tidigare tänkt sig.

– Vad ska jag säga? svarade han. Kallas *Tata*.

Tata? tänkte Jason.

– Pappa på serbiska? frågade han.

Mario ryckte på axlarna.

– Han är visserligen serb. Alex Yanko.

Jason nickade.

– Och? frågade han och såg på Mario. Mer tack.

Mario drog ett andetag och funderade.

– Knarkkung häromkring. Stort kontaktnät. Underleverantör till någon höjdare i Stockholm. Sakta in här.

Mario gled ner en aning i sätet medan Jason släppte gasen och lät bilen glida fram.

– Vad?

Mario pekade mot en pizzeria på vänster sida.

– Han äger skiten, fortsatte han. Ett sätt att smuggla på.

Jason bromsade in framför *Tata Pizza Restaurang* medan Mario sjönk ner än djupare i sätet. Nästan att han låg ner.

Jason såg sig fundersamt omkring. Inga människor i närheten. Pizzerian såg obefolkad ut sånär som på den bagare som moppade golvet. Han nickade och lade sedan i växeln och körde vidare.

BENGT WESTERBERG avslutade samtalet med Chefen för Yttre Knarkspan, Joel Magnusson. Efter många om och men hade denne fått tag i Kriminalinspektör Olof Svenning som i sin tur bekräftat uppgifterna om en viss Mario Vargas. Inte allt för glad i tonen hade han berättat hur en ung Albino rekryterats till lönelistan över infiltratörer. En infiltratör med kodnamnet Tigern.

Han var stressad och irriterad medan han svängde ut sin Volvo XC90 på motorvägen i norrgående riktning mot Stockholm. Carl Hermansson hade ringt honom vid två tillfället men han hade låtit de båda gå till röstsvar. Vart fan är Jason, tänkte han.

Han hade beordrat gruppen att packa ihop och röra sig mot Stockholm. Senast kända ställe Jason befunnit sig på var Enhörna. Ett mindre samhälle utanför Södertälje. I Nyköping hade de inte längre mer att finna.

Jason låg hela tiden honom steget före. En sits som Jason älskade. En sits som Bengt hatade. Under hela deras tid tillsammans hade det varit på det sättet. Jason alltid steget vassare. Alltid lite listigare. Hur kan någon så smart alltid hamna i sånt här? Det var inte enbart statens och myndigheternas fel. Jason hade för vana att själv sätta sig i de mest katastrofala situationerna. Och oftast utan någon som helst hjälp av utomstående.

Jävla Jason, tänkte han och gasade lite extra.

JASON ROSS svängde runt kvarteret och passerade återigen macken med ungdomar. Mario Vargas såg ängsligt på honom. Vad sysslar han med?

– Vad tänker du göra? frågade han medan Jason åter svängde vänster in på den gata där *Tata Pizza Restaurang* låg vid slutet av vägen.

Jason bromsade in bilen, såg på honom och log brett. Mario kunde se tänderna glimta för första gången. Han såg galenskapen lysa i hans ögon. Jason trampade några gånger med lätt sula på gasen. Såg bort mot pizzerian och sedan tillbaka på honom.

Mario såg bort mot pizzerian han med, sedan tillbaka på den leende Jason och skakade febrilt på huvudet.

– Nej, nej, nej, vädjade han när han insåg vad som komma skulle. Nej!

Jason vinkade med ögonbrynen, såg sedan framåt och trampade pedalen i botten. Däcken skrek ut över området medan bilen rivstartade. Grå rök steg medan svarta spår målades över asfalten.

Mario tog stöd mot instrumentpanelen framför sig medan han krampaktigt tryckte sin rygg mot stolsstödet.

– För i helvete! Nej!

Pizzerian kom dem allt närmare medan Jason alltjämt log.

– Vad är det, Tiger?

Han såg på Mario.

– Är du beredd?

Mario såg skräckslaget på honom.

– Beredd på vad? skrek han till svar och försökte klättra än högre på sätet.

Jason skrattade, kopplade in farthållaren och öppnade förardörren.

– Vi ses, log han mot Mario.

Chockat såg Mario hur Jason släppte gasen, ratten och hur denne sedan försvann ut ur bilen. Han skakade på huvudet, såg sedan på pizzerian som kom allt närmare. Tillbaka på den plats Jason lämnat och sedan åter på pizzerian som nu var några billängder ifrån honom.

– Fuck it!

Han öppnade passagerardörren, stålsatte sig och kastade sig sedan ur bilen. Väl på marken skrapade han i axeln och rev sönder den svarta skinnjackan medan han rullade oräkneliga varv längst trottoarkanten.

Dånet då bilen dundrade genom pizzerians framsida ekade ut över samhället. Genom väggen. Samtliga fönster splittrades. Väggen bröts samman. Disken med betalautomaten. Inte förrän vid den svartvita kaklade köksväggen stod huset pall för den våldsamma hastigheten. Bilens motorhuv öppnades medan dess front förflyttade sig in i kupén och en svart rök steg mot taket.

Mario såg med chockad blick medan bakdäcken på hans SAAB fortsatte att spinna några decimeter ovanför marken. Han såg sig sedan omkring och kände efter om han var kapabel till att fly. Mödosamt tog han sig upp, vände om och skulle just till att springa då Jason uppenbarade sig framför honom.

Jason såg med fundersam, skrämmande blick.

– Vart ska du?

Mario stod stum med flackande blick.

– Uhm...

Jason stod med höjda ögonbryn och inväntade ett svar.

– Uhm... Jag... Eh.. Skulle leta efter dig?

Jason log.

– Visst, säkert hörru. Han tog tag i Mario. Kom med.

Tillsammans gick de bort mot pizzerian. Bakdäcken hade slutat spinna medan röken blivit allt tätare. Jason puttade Mario framför sig in genom den raserade väggens få stående reglar. Mario hostade av röken och drog sin t-shirt över ansiktet.

I ett hörn i köket stod bagaren. Oförmögen att varken tala eller röra sig. I total chock. Stirrandes på Jason som ställde sig framför honom. Precis som om han såg rakt igenom Jason. Som att han inte uppfattade deras närvaro.

– Ursäkta röran, sa Jason till bagaren. Men vi har lite bråttom.

Den lönnfeta och mustaschprydda mannen svarade inte. Inte heller såg han på Jason.

Jason såg på Mario, rykte på axlarna, suckade och

sedan tillbaka på mannen. Gav denne en snabb örfil vilket fick honom att lämna sitt tillstånd av chock.

– Som jag sa, fortsatte Jason. Vi har lite bråttom.

Mannen öppnade munnen men bara kvävda ljud trängde fram.

– Du är ju helt komplett jävla galen, sa Mario och såg sig om i röran.

Ett vattenrör hade gått läck och vattnet porlade ut på golvet. Från lysarmaturen i taket hördes en mindre smäll och sedan slocknade ljuset inne i byggnaden medan små gnistor seglade mot golvet.

– Komplett jävla galen, fortsatte Mario och vände om Jason. Är du inte lite dum i huvudet?

Jason log utan att ge Mario en blick.

– Vart finns Tata? frågade Jason bagaren vidare.

Återigen kvävda ljud från mannen. Jason lutade sig fram för att försöka urskilja vad han försökte säga.

– Ursäkta, men du får tala högre. Och rappa på för fan.

Han tog tag i mannen, skakade honom fram och tillbaka.

– Tata! skrek han. Vart är Tata?

Mannen blinkade ryckande och stammade.

– He... hem... mm... Hemma.

Jason släppte taget.

– Hemma?

Mannen nickade.

– Tack.

Han vände sig åter till Mario och puttade honom framför sig.

– Vi drar.

– Komplett jävla galen, fortsatte Mario medan han irriterades av Jasons knuffar.

KAPITEL 35

BENGT WESTERBERG hade just anlänt till Polisens Högkvarter i Stockholm. Sittandes i bilen nere i garaget. Telefonen hade han mot örat och signalerna ljöd. Det var redan sent på eftermiddagen och det hade börjat skymma. Än mörkare än vanligt då ett åskväder närmade sig österifrån. Han var fortsatt klädd i sin ljusblå skjorta. Stinkande av svett och med rödsprängda ögon av trötthet.

Svara då, tänkte han och skakade på huvudet med en påtagligt ilsken blick. Tillslut svarade Jason i andra änden. Bengt drog en djup suck, lugnade nerverna innan han lät ta till orda.

– Är du inte riktigt klok?

I den andra änden log Jason. Visst förstod han att det spår han lämnat nu hittats.

– Är det möjligtvis Häxan? frågade han.

Bengt tystnade och skakade på huvudet. Häxan?

– Detta är Hans, fortsatte Jason. Med mig har jag Greta.

Han log mot Mario medan han fortsatte att knuffa denne framför sig.

– Jag antar att du funnit det spår vi lämnade?

Bengt var inte road av Jasons skämtsamma sida.

– Lyssna din odåga, sa han. En hel jävla pizzeria?

Jason log vidare.

– Var det verkligen nödvändigt?

Kanske inte, tänkte Jason och valde att inte svara.

Bengt suckade högt i sin ände.

– Dig har jag fått för mina synders skull.

Du hade ett val, tänkte Jason.

– Vad säger du om missen jag släpar runt på? Är han på er sida?

Han såg bort mot Mario medan Bengt svarade.

– Mario talar sanning. Knarkspan har bekräftat.

Jason höjde ögonbrynen.

– Det var som fan.

Bengt skakade på huvudet.

– Vart är ni nu?

– Kvar i Gnesta, svarade Jason och såg sig om. Ovädret närmade sig och ännu hade han ingen plan för resten av resan.

– Okej, sa Bengt. Jag ringer tillbaka.

Jason tog telefonen från örat, såg på skärmen och förde den sedan tillbaka mot örsnibben.

– Har inte mycket till batteri kvar. Den dör nog

närsomhelst.

Bengt suckade.

– Okej. Men lova nu för fan. Inga fler incidenter.

Jason skrattade.

– Hur ska ni annars hitta oss?

Bengt bet hårt ihop tänderna medan Jason avslutade samtalet. Han ska få se på fan när jag får tag i honom, tänkte han och klev ur bilen.

KAPITEL 36

Handen pulserade av smärta medan den gungande takkronan blänkte med sitt sken i knivstålet. Broderns hyperventilerande och den utländske mannens arga ögon.

Mannen såg på sin kumpan, sedan tillbaka på pojken som stirrade med svarta ögon. Trots att handen satt fastnaglad i bordsskivan såg denne tämligen oberörd ut. Och trots mannens arga blick fanns där en dold beundran över den lilla pojken.

– Ska vi försöka igen? sa mannen.

Han satt tyst. Rörde inte en min. Blinkade inte.

Mannen suckade.

– Din far, sa han. Han hade en portfölj? Visst? En väska?

Pojken stirrade bara tomt framför sig.

– Den innehåller en del hemligheter förstår du. Hemligheter som ingen får veta.

Han tog en paus och såg på pojkens blödande hand.

– Gör det inte ont? log han.

Pojken skakade provocerande på huvudet men nog gjorde det ont. Fingrarna hade domnat och det stack och ilade i armen. Men han visade inte en tendens till att vara besvärad.

– Ska jag ta kniven? fortsatte mannen med sin brytning. Jag kan göra det...

Pojken såg ner på kniven.

– Om du berättar var portföljen finns så slipper du smärtan.

Pojken såg återigen med svarta ögon på den svettige mannen framför sig.

KAPITEL 37

LISA BENDT slog på sin TV hemma i vardagsrummet. Med dagens sista rykande kopp av sitt honungsblandade te framför sig såg hon på den sena nyhetssändningen.

"Välkomna till TV4 Nyheterna..." hördes reporterns röst säga efter den traditionella introduktions-jingeln.

"God kväll. Vi inleder med den händelse som tidigare idag skedde i Gnesta där en eller flera privatpersoner ska ha raserat en pizzeria genom att med hög fart ha kört ett fordon genom dess vägg. När väl Polis anlände till platsen fanns där inga personer närvarande. Polisen kunde dock göra upptäckten av stora mängder narkotika inne i pizzerians kökslokaler. Nu misstänker man att det handlar om en kriminell uppgörelse mellan olika knarkgrupperingar."

Medan nyheten övergick i ett reportageinslag tog Lisa en klunk ur den rykande koppen. Bilen stod med bakhjulen i luften en lång bit in genom pizzerians raserade vägg bakom Polisens avspärrningar. Lisa svalde och höjde ögonbrynen. Vem gör något sådant? tänkte hon medan hon följde intervjun med en Narkotikapolis vid namn Olof Svenning.

KAPITEL 38

öppnade sina ögon. Gömda i ett buskage i närheten av det hus som Alec *Tata* Yanko bor i. Han såg yrvaket framför sig. Dånande huvudvärk. Mario Vargas satt lutandes mot en trädstam. Fortsatt bakbunden runt stammen, precis så som Jason lämnat honom innan han föll i John Blunds famn. Han slickade de torra läpparna, reste sig och knöt upp knuten runt Marios handleder.

Mario sa inte ett ord utan såg bara på Jason som åter satte sig på den hårda marken. Synade honom fundersamt.

– Den här bruden, sa han.

Jason såg med tom blick på Mario.

– Vem är hon?

Jason fortsatte stirra men ett svar uteblev.

– Okej, suckade Mario. Men hon måste betyda en del.

Jason höjde ögonbrynen och nickade lätt.

En stunds tystnad följde innan Mario återigen bröt den.

– Din brud?

Jason rörde inte en min. Funderade. Skakade sedan på huvudet.

– Nopp, sa han tillslut. Hon är någon annans brud.

Mario nickade förstående.

– Men du måste gilla henne?

Jason log. Nästan ett mindre skratt.

– Hatar henne, sa han. Älskar henne.

Mario höjde ögonbrynen. Jason ryckte på axlarna.

Det var sant. Lika mycket som han älskade henne, lika mycket ångrade han att han någonsin träffat henne. Hon var falsk. Rädd för förhållanden och bytte mellan män som en normal människa bytte underkläder. Varningssignalerna fanns där. Både från henne själv samt alla som någon gång träffat henne. Alla sa de att hon var trevlig men att hon hoppade mellan sängar snabbare än någon annan. Jason hade ignorerat det och för det fick han sedan stå sitt kast.

– Det är komplicerat, fortsatte han.

Mario nickade instämmande.

– Jag hör det.

De satt båda tysta i någon minut. Jason masserande runt tinningarna för att desperat dämpa den sprängande huvudvärken.

– Så, sa Mario. Vem är du?

Jason släppte fokusen från sin massage, såg på Mario och log.

– En mardröm om något hänt henne, blev svaret.

Mario satt tyst. Han förstod att besten framför honom var speciell. Tränad. Orädd. Avsaknad av smärta. Han måste tillhöra något specialförband, tänkte han. Eller iallafall någon form av militär. Att han var polis uteslöt han relativt fort.

– Vad är planen? frågade han när han släppt sina tankar.

Jason rykte på axlarna.

– Vi väntar här tills Tata kommer hem. Vi går in och sen... ja... vi får honom att snacka helt enkelt.

– Vi?

Jason log.

– Ja, vi. Eller har du en annan idé?

Mario skakade på huvudet.

– Bra, svarade Jason och visade med ansiktsuttrycket att han besvärades hårt utav huvudvärken.

– Är du okej?

Jason viftade bort frågan och lutade sig mot en mindre trädstam. Han var långt ifrån okej. Den brutna tummens rodnad var av den blåare skalan. Ett av häftstiften i ögonbrynet hade lossnat från sin plats och återigen rann blod nerför hans ögonlock. Han drog ett djupt andetag och såg sedan en längre stund på Latinon framför sig.

– Säg mig, sa han. Hur hamnade du i denna smörja?

Mario såg på honom.

– Du menar?

– Som infiltratör inom knarksvängen?

Mario ryckte på axlarna.

– Inte så konstigt, svarade han. Mexare du vet.

De log mot varandra.

– Jag trodde du var Colombian?

– Samma skit, svarade Mario. Snuten rekryterar lätt sådana som mig.

Jason nickade lätt.

– Det är mer spännande än ett vanligt kneg.

Mario log.

– Jag höll ändå på med skiten. Dealade, snortade själv. Snuten gav mig ett val. Jag gick med på att arbeta för dem mot att de hjälpte mig in på avvärjning.

Jason nickade igen men satt fortsatt tyst. Han tänkte på sina egna vanor. På alkoholen. När hans psykolog nämnt ordet alkoholist hade han skakat på huvudet. Han var inte alkoholist. Han hade en kontrollerad alkoholism. Det var skillnad. I alla fall i Jasons värld. Han kunde sluta när han ville. Gjorde också så under långa stunder. Dock kunde han hålla med sin psykolog om att han gärna använde alkoholen för att fly undan vardagen. Fly undan sina problem. Sina minnen. Sina ärr.

– Din historia då? avbröt Mario hans tankar.

Jason ryckte på axlarna.

– Den är lång.

Mario såg fundersamt på honom.

– Så ge mig den korta då? Vad gör du med snuten? Jag vet att du skiter i knarket.

Jason smålog. Det kan du ge dig fan på, tänkte han.

– Jag är inte här med snuten, påminde han Mario. Jag är här för att hämta hem en brud och som bonus på det får jag slå sönder så många kriminella idioter jag möjligen kan hinna med.

Han log medan Mario skakade på huvudet.

– Så, sa han. Vad är din plan för att få Tata att snacka?

Jason såg på honom och log brett.

– Det visar sig. Jason reste sig. Kom igen. Det är dags.

KAPITEL 39

MARIO SÅG skeptiskt på Jason.

– Gör det bara, sa Jason irriterat.

Mario skakade på huvudet men gav sedan med sig och reste sig upp. Han såg bort mot korsningen längre ner på gatan. Sedan mot Yankos hus.

– Nej, sa han och satte sig sedan ner på huk igen. Du får komma med en annan plan.

Jason spände ögonen i honom.

– Gör som jag säger.

Mario skakade på huvudet.

– Gör det nu.

Återigen skakade Mario på huvudet.

– Han vet säkert att jag var med och kraschade bilen i pizzerian.

Jason suckade.

– Du ska bara knacka på och se om han är hemma.

– Du kan väl bryta dig in?

Jason skakade på huvudet.

– En höjdare i knarkarsvängen. Han lär ha sin lya larmad.

– Men...

Jason tog tag i kragen på Marios skinnjacka. Han hade fått nog.

– Samarbeta nu innan en av oss dör.

Mario suckade och nickade sedan varpå Jason släppte sitt grepp.

– Duktig mexare.

Mario reste sig.

– Jag är fortfarande Colombian, sa han spydigt. Asshole.

Jason rykte på axlarna.

– Gå nu då, Tiger! Han log. Du som är så smidig.

Mario korsade motvilligt gatan och lät fötterna trippa över den grusiga uppfarten. Han blickade upp mot ett fönster. Allt verkade nedsläckt sånär som på ett svagt ljus från ett av övervåningens fönster. Det kan ju ha lyst hela tiden, tänkte han och närmade sig huset. Han hade varit här en gång tidigare. Då för att överlämna en summa pengar för sålt kokain.

Jason följde Marios steg. Osäker på hur pass hårt bevakat Yankos hus var ville han inte riskera att bli sedd av varken polisen eller av Yankos livvakter. Om nu denne hade några sådana. Han antog att om Yanko var hemma och öppnade dörren då Mario ringde på kunde han smyga sig runt huset och in genom ett fönster eller källardörr eftersom inget larm borde vara i funktion.

Visserligen stod en BMW parkerad på uppfarten. Mario gissade att klockan närmat sig midnatt. Han funderade på vad han skulle ha för ursäkt för att dyka upp mitt i natten. Vad skulle han säga?

Han skakade på huvudet. Nej, detta kändes inte bra. Han vände sig om och såg konturen av Jason i buskaget på andra sidan gatan. Han skulle inte ha en chans att försöka rymma nu. Jason skulle säkert hinna ikapp honom. Om inte så skulle säkert denna best vid ett senare tillfälle finna honom. Med tanke på de svarta ögonen, den muskulösa kroppen och uppenbarligen dess oförmåga att känna smärta så var nog Yankos mannar en trevligare upplevelse att stå öga mot öga mot.

Han skakade på huvudet. Han måste vara fullständigt samvetslös, tänkte han.

Han bestämde sig för att följa planen, vände sig åter om men sneglade fortsatt mot Jasons tillhåll medan han tog ett steg.

Jason såg hur Mario tvekade men sedan återfick modet lagom till att denne slog knäet i baksidan av den parkerade bilen. I samma sekund som Mario la sin vikt på bagageluckan började den tjuta och blinka. Han såg paniken hos Mario när denna åter stod raklång bredvid den tjutande bilen, för någon sekund handlingsförlamad. Sedan uppfattade de båda hur fler fönster i huset tändes.

Mario vaknade nu ur sin chock och satte av över gatan, dök in i buskaget lagom till att dörren i huset öppnades. Båda satt de tysta, gömda av nattens dunkel och beskådade den yrvakna mannen som klev ut på trappen. Sedan vände denne, gick åter in i huset och kom sekunderna senare ut med bilnyckeln i handen. Riktade den mot bilen och klickade bort allt tjutande och blinkande. Han tog sedan några steg ut från den grusiga uppfarten, stannade till straxt efter den kala häcken och såg åt gatans båda riktningar. Han återgick sedan till huset, stängde dörren efter sig och en efter en slocknade åter skenen i fönstren.

Jason såg på Mario. Sedan skrattade han.

Mario skrattade inte.

– Vad?

Jason lyckades inte få fram ett svar. Helhjärtat skrattade han ända nerifrån djupet.

– Jätte roligt!

Jason lugnade sig något.

– Du håller verkligen hårt om ditt rykte du, svarade han tillslut. Var det smidig som en tiger du sa?

Han skrattade vidare. Nu rann även några tårar ner för det stelnade blodet på kinderna. Och så ännu mer skratt.

– Håll käften, sa Mario irriterat.

– Du är mer lik en Norsk skogskatt, skrattade Jason vidare. En tjock sådan.

– Håll käften sa jag!

– Nämen lille kissen, retades Jason. Blir du sur?

Jason andades ut och torkade fnittrande sina tårar.

– Jaja, nu vet vi i alla fall att Yanko är hemma, sa han. För det var väl Papi?

Mario nickade.

– I egen hög person.

De båda log. Mannen som stått på andra sidan gatan var en kort figur.

– Låt inte hans längd lura dig, varnade Mario. Yanko är helt samvetslös.

Jason log igen.

– Ja, och snart medvetslös.

ALEC YANKO vaknade åter av det tjutande larmet på bilen.

– Vad i helvete, svor han för sig själv medan han kastade sig ur sängen.

På väg nerför trappen tände han återigen taklamporna. Sista steget på trappen, en snabb nittiogradersväng åt höger, fram till ytterdörren. Ytterbelysningen sken svagt i den mörka, kyliga natten.

Bilen hade slutat tjuta men blinkade fortsatt. Alec riktade bilnyckeln mot den och tryckte på den lilla knappen varpå bilen slutade blinka. Han tryckte en gång till, bilen klickade och låste sig åter.

Vad fan är det som händer? tänkte han och steg nerför entrétrappen, ut på den grusade uppfarten.

Dold i dunklet bakom bilen gömde sig Mario. Smygandes från sitt gömställe bakom entrén kom Jason upp bakom Alec. Just som Alec vände om mot huset slog blixten ner framför hans ögon, huvudet vek sig våldsamt bakåt av kraften och ett medvetslöst mörker la sig för honom innan han föll handlöst till marken.

Mario skyndade fram ur dunklet, tog tag i Alec armar. Jason tog tag om fötterna och tillsammans bar de den medvetslösa gangstern uppför entrétrappen och in i huset innan någon granne eller förbipasserande upptäckte dem.

Medan det blåsiga ovädret började släppa ifrån sig små regndroppar över gruset stängde Mario dörren efter dem.

KAPITEL 40

BENGT WESTERBERG såg bekymrat framför sig. Han var svettig, hade samma kläder för andra dagen i rad och såg allmänt ovårdad ut. Med tankarna på Jason och på den överrenskommelse han slutit med Carl Hermansson. Han kände nu att han hamnat i trångmål. Ett riktigt dilemma. Han ville avsluta detta, få bort Jason från utredningen och låta sina mannar sköta detta på det polisiära sättet.

Men det ville inte Carl. Han tyckte om att höra rapporterna om att Jason ständigt låg steget före polisen. Att Jason med största sannolikhet skulle nå fram till den så längre eftertraktade Castro *Papi* Chavez. Trots att Carl inte sa det rakt ut så förstod Bengt att hans förhoppning var att Papi skulle falla offer för Jasons svingande lie. Kanske var det till och med så att Carl hoppades att Jason skulle falla offer för *Papi*? Det skulle innebära att de kunde begrava sina skulder tillsammans med Jason. Men Bengt var inte redo att låta Jason dö. Nej, hade Carl en sådan plan skulle han allt få drömma vidare.

Johanna Åhlén, som alltid brukade ha det blonda håret i en tofs, lät det nu svalla ner längst sidorna. Hon stoppa uttråkat in en tofs i munnen och tuggade stressat. Hon hade både duschat och sminkat sig medan hon inväntat nya order från den mentalt frånvarande Rikspolischefen vid andra sidan konferensbordet. Jonas Jakobs var i köket och ordnade lite stärkande kaffe till den lilla gruppen.

De hade just blivit informerade om det senaste i utredningen om bilen som kvaddat en hel pizzeria. De var informerade om knarket. Bengt visste att Jason kvaddad bilen för att få in polisen på knarkspåret och på så sätt få lite andrum. Johanna och Jonas var än så länge ovetandes om Jasons inblandning i kraschen.

Nu hade han dock bestämt sig. Han skulle gå bakom Carls rygg men utan att detta blev för tydligt. När Jonas kom tillbaka med tre rykande kaffekoppar på en bricka harklade han sig.

– Vi gör så här, började han och tackade när Jens ställde koppen framför honom.

Den uttråkade Johanna såg nu med intresse på Bengt och kunde knappt bärga sig medan han tog sig tid att avnjuta en stor klunk av det nybryggda kaffet. Jonas satt sig ner bredvid Bengt, mittemot den otålige Johanna och log medan han såg hennes stressade blick.

Den han lärt sig känna igen.

– Jag vill att vi efterlyser en Mario Vargas.

Johanna lyfte ögonbrynen.

– Vem är Mario Vargas? frågade en lika förvånad Jens.

Bengt svalde ner ännu en klunk.

– Jo, det är en känd dealare. Han rör sig i samma kretsar och kan ha samröre med både pizzerian i Gnesta och med Papi. Dessutom har jag just fått information om att bilen som användes vid kraschen tillhör Vargas.

– Okej, svarade Johanna. Kan det leda oss till Maria?

– Mario är känd för att vara en golare, ljög Bengt. Pressar vi honom kan vi få fram både det ena och det andra.

Bengt såg först på Johanna. Sedan på Jens. De verkade båda köpa hans skitsnack. Och inte visste de att Jason var i maskopi med varandra. Hans plan var egentligen att håva in Jason. Genom att eftersöka Mario kunde inte Carl komma i efterhand och säga att han trotsat någon order från högre instans.

– Men då så, sa Johanna. Vi börjar direkt.

KAPITEL 41

JASON ROSS drog silvertejpen ett extra varv runt Alec Yankos fotleder och stolsbenen innan han flytta undan så Mario Vargas kunde tömma hinken med vatten över deras medvetslösa offer.

Alec vaknade till. Slängde i panik med huvudet åt vardera sidan så blandningen av vatten och blod stänkte över källargolvet. Fasttejpad runt fotlederna, runt låren och magen kunde han inte resa sig från den lilla trästolen.

Jason uppenbarade sig framför honom medan Mario tog några steg bakåt.

– Alec, inledde Jason.

Han tog tag i en gammal kabeltrumma av större stolek, drog den över golvet och placerade den framför Alec.

– Vi ska ha ett litet snack du och jag, fortsatte han. Det kan antingen bli ett trevligt samtal. Han log mot

Alec. Eller ett otrevligt.

Han satt sig på kabeltrumman.

– Det är upp till dig förstår du.

Alec såg chockat på Jason, sedan på Mario och tillbaka på Jason.

– Vad skulle vi ha att prata om? Vem fan är du?

Alec bröt på dålig svenska.

Jason log. Mario höll sig i bakgrunden.

Alecs näsa blödde ymnigt efter blixtnedslaget som var kraften i Jasons högra knytnäve tidigare på uppfarten.

– Jag är din värsta mardröm om du inte samarbetar.

Alec såg leende på Jason.

– Du menar att jag borde vara rädd?

Alec skrattade och spottade sedan en loska näsblod framför sig.

Jason såg inte lika road ut. Att spela tuff inför honom var inte att rekommendera. Och nu hade han dessutom inte tid för knarkkungar som spelade Alan framför ögonen på honom. Han drog ett djupt andetag.

– Okej, sa han. Kom ihåg. Vi kan ha ett trevligt samtal eller ett otrevligt samtal. Just nu är det på väg åt det otrevliga hållet. Så jag ska inleda med en fråga.

Han log.

– Svarar du ordentligt så kommer vi snabbare härifrån och du slipper en massa onödig smärta, okej?

Alec svarade med en ny loska på golvet. Jason suckade, vände sig mot Mario och skakade på huvudet.

– Fattar snubben verkligen svenska?

Mario bara höjde ögonbrynen. Kände sig väldigt obekväm i situationen och blicken flackade.

– Och du! sa Alec riktat mot Mario. Vad fan har du släpat hit? Din råtta!

Jason vände blicken till Alec, sedan tillbaka på Mario och återigen mot Alec. Han log.

– Råtta? Han skrattade. Jag trodde det var en katt?

Alec såg med ilsken blick på Mario som återigen flackade med blicken.

– Så, Tata. Jason spände ögonen i Alec. Så här ligger det till.

Alec lät blicken vandra och mötte Jasons svarta ögon.

– Du berättar var kvinnan är och jag släpper dig fri.

Alec log.

– Jag vet inget om någon kvinna.

Jason var inte nöjd med svaret men log åt Alecs uppenbara försök att visa sig oberörd av den rådande situationen.

Jason skakade på huvudet.

– Vart finns kvinnan?

Alec fortsatte le.

– Håll reda på din hora själv.

Han hånlog Jason rakt i ansiktet innan han såg på Mario och skrattade. Jasons kokpunkt var nådd. Stubinen hade brunnit ut och nu var han trött på den undre världens maskotar som trodde de var mer och varit med om mer än någon annan. Jävla pajas, tänkte han. Du är ju så dum.

– Okej, svarade han bara, reste sig och log mot Mario.

Han tog några steg i källarrummet. Fram till den lilla snickarbänken med alla möjliga verktyg utspridda huller om buller. Han pillade på några verktyg medan Alec följde hans blick med obehag.

Jason tog upp två gamla rostiga spikar. Sedan en hammare av nyare modell. Han stirrade framför sig, vände sig sedan mot Alec och log. De svarta ögonen skrämde även Mario som nu förstod vad som var på väg att hända.

– Mario, sa Jason fortsatt leende. Kom med.

Mario gick motvilligt fram till Jason som ställt sig framför Alec. Jason sköt kabeltrumman närmare Alec.

– Lägg hans händer på trumman, beordrade han. Och håll dem stilla.

Mario tvekade till en början men vek sig efter att kort ha sett in i Jasons mordiska ögon. Alec stretade emot då även han förstått vad som komma skulle.

– Nej, nej! fick han ur sig medan Mario med kraft la hans högra hand på trumman.

Jason ställde sig på ett knä. Höll den rostiga spiken i vänster hand. Placerade spetsen ovanpå Alecs högra hand, alldeles ovanför knogarna. Han såg Alec i ögonen.

– Detta kan komma att kännas lite grann.

Han höjde högerarmen, siktade och lät kraften i hammaren träffa spikhuvudet. Alec gav ifrån sig ett gällt skrik medan spiken trängde genom handen och ner i kabeltrummans trä. Jason gav det två slag till och imponerades av att han träffade spiken var gång. Han nickade åt Mario.

– Andra handen.

Mario skakade på huvudet men gjorde som han blev tillsagd. Återigen for hammaren genom luften till Alecs skrik. Vid ett av slagen missade Jason spiken och träffade istället en av knogarna. Alecs skrik var denna gång än högre.

– Oj då, var Jason svar innan han åter slog ner hammaren över spikhuvudet.

Alec satt nu chockad. Stigmatiserad i kabeltrumman. Oförmögen att resa sig. Oförmögen att förflytta händerna.

Jason lade hammaren bredvid Alecs vänstra hand och gnuggade sedan sina blodsprängda och trötta ögon. Mario backade återigen ner i hörnet av rummet.

– Så, kan vi ha ett trevligt samtal nu? frågade Jason.

Några sekunder rann förbi medan Alec hanterade chocken. Han såg sedan på Jason.

– Fuck you!

Jason höjde ögonbrynen och log.

– Du var mig en tuff jävel.

Han suckade och ställde frågan igen.

– Fuck you och din hora! blev svaret.

Jason log igen. Sekunden senare greppade han tag om hammaren, lät kraften vina genom luften och träffa Alecs högra långfinger.

Med stängda ögon skrek Alec återigen ut sin smärta över det krossade fingret. Han skakade av adrenalinet som rusade genom kroppen. En stund senare öppnade han åter sina ögon och andades tungt.

Mario stod i sitt hörn och såg illamående på det som utspelade sig framför honom.

– Om jag frågar igen, sa Jason. Blir svaret även denna gång fuck you?

Alec satt tyst.

– Vart finns hon?

Alec fortsatt tyst vilket verkligen testade Jasons tålamod.

– Okej, sa han och reste sig upp. Vi provar något annat.

Han gick åter fram till verktygen på bänken, plockade upp en morakniv och återvände till den sargade Alec. Han suckade och tog tag i ringfingret på Alecs vänstra ringfinger. Till Alecs återupptagna skrik lät han knivspetsen glida in under dess nagel, pressade den in till nagelbandet och böjde sedan upp nageln.

Detta var för mycket för Mario som började hulka sig i hörnet. Jason vände sig om mot honom.

– Hur är det med dig, Katten?

Han log och vände sig åter till Alec.

– Bry dig inte om kissen, han har slickat sig själv

hela dagen. Det är säkert bara en hårboll som irriterar.

Alec såg med döda ögon på Jason.

– Nå, tänker du berätta var kvinnan är eller ska vi ta ett finger till?

Alec nickade till svar. Han hade gett vika. Var knäckt. Nog skulle han berätta för besten framför sig. Han förstod att det var hans enda utväg om han ville överleva natten.

KAPITEL 42

LISA BENDT låste upp ytterdörren, klev in i hallen och stängde dörren efter sig. Ställde ner ryggsäcken på golvet, tog av sig sin nya svarta höstjacka, hängde den en av krokarna i hatthyllan och kastade av sig sina vita Converse.

Inne i köket bredde hon en nattlig smörgås med två rejäla ostskivor. Hon åt den vid diskbänken och sköljde ner med ett glas apelsinjuice innan hon gick in i badrummet. Trött efter arbetspasset tog hon ut sina kontaktlinser och bytte dem mot glasögonen på handfatskanten.

Hon stoppade tandborstet i munnen med höger hand medan hon drog håret ur tofsen med den vänstra. Skakade på huvudet och lät håret falla ner över axlarna. Efter tandborstningen tvättade hon bort den diskreta mascaran, sköljde ansiktet i händerna och drog av flödet.

I sovrummet gled hon smidigt ur de ljusa jeansen. Lät dem falla till golvet och tog några steg medan hon drog linnet över huvudet. Sittande på sängkanten knäppte hon upp den röda BHn och kröp sedan ner under det värmande täcket.

Persiennen lät hon vara uppdragen. Hon släckte den lilla läslampan och studerade beundrat den fantastiska fullmånen. Dess sken la sig över hennes vackra ansikte. Hon log och funderade Jason. Han hade ännu inte besvarat hennes samtal. Inte heller hade han ringt tillbaka. Hon undrade vad han gjorde? Kanske, tänkte hon med obehag. Kanske var hon bara ett engångsknull för honom med? Precis så hade ju hon känt i början och det vore ju inte konstigt om han kände så också. Men nu var hon inte lika säker längre. Allt oftare dominerades hennes tankar av Jason. Musklerna, skrattet, tatueringarna. Hans bad boy-look men ändå så försiktig och varsam i hennes närhet. Och sexet såklart, tänkte hon. Herregud, sexet!

Hon såg mot den magiska månen.

Han känner nog inte samma intresse för mig, tänkte hon.

KAPITEL 43

MEDAN MARIO rattade Yankos stulna BMW såg Jason upp mot natthimlen från passagerarsidan. Det hophäftade ögonbrynet blödde återigen och blodet irriterade hans redan blodsprängda öga. Huvudvärken var tillbaka. Värre än tidigare och han misstänkte att hans vänstra tumme var bruten. En blå svullnad hade uppstått och han kunde känna hjärtslagen pulsera genom den. Måste ha skett när han hoppade ur bilen innan pizzeria-kraschen, tänkte han och såg mot den stora fullmånen.

Han drog ett djupt andetag. Hans tankar borde ha dominerats av Mia. På om hon var okej? Om hon levde? Hur han skulle befria henne? Men allt han kunde tänka på medan den väldiga månen la sitt sken på vägen framför bilen var Lisa. Han undrade om hon försökt höra av sig till honom? Han hade ju ingen telefon med sig. Inte heller kunde han hennes nummer utantill så att använda det sista batteriet på den stulna telefonen från Leo gick inte.

Var han kanske bara ett engångsknull för henne? Var hon bara ett engångsknull för honom? Han visste inte vad han kände. Vad hade han att erbjuda henne? Vad hade han egentligen att erbjuda någon? Alla omkring honom drogs ner i hans ständiga jakt på död. Han ville inte ränna runt och skada människor. Ville inte döda dem. Misshandla. Tortera. Ändå hamnade han alltid i situationer där han nästan uteslutande tvingades utföra den typen av handlingar. Det var inte hans fel att han befann sig i en stulen bil med flera misshandlade offer på sitt samvete lämnade i hus och stugor runtom i de sörmländska byhålorna. Det var Patriks fel. Det var hans synder. Jason följde bara i dess spår.

Medan han såg den dansande sjuksköterskan Lisa framför sig i det trolska månskenet slöt han långsamt sina ögon och föll i sömn.

KAPITEL 44

Ögonen som stirrade på den svettiga mannen var fortsatt svarta. Svarta som natten runtom dem. Svarta som faderns blodpöl i den mörka hallen. Som moderns blodpöl på övervåningen. Hela huset var svart. Mörkt. Förutom den vajande kökslampan ovanför köksbordet. Det köksbord vars bordskiva hans hand satt fastnaglad i med den blänkande köttkniven.

Hans brors snyftningar hade avtagit. I ett fast grepp stod han intill den lönnfeta, enbart rysktalande kumpanen. Det var inget snack om vem av männen som var ledaren. Bossen. Och han var trött på pojkens envisa tuffhet.

Mannen suckade, reste sig sakta från den knakande stol han satt på.

Det hela tog mindre än en sekund. Pojken slet kniven ur sin vänstra hand, lät den vina genom skenet från taklampan. Stålet skar genom huden, in på djupet medan mannen gav ifrån sig ett chockat stön. Han fumlade efter stolen han nyligen rest sig från men missade den och föll istället till golvet. Sittande kände han efter med handen över ansiktet. Ett djupt sår från det vänstra ögonbrynet och diagonalt ner över ögat, näsbenet och vidare ner över den högra kinden. Synen på det vänstra ögat försvann och han vred sig i plågor medan blodet forsade ner för hans haka och vidare i droppar ner på det putande magvalvet.

Pojken kastade kniven på bordet, sträckte sig efter revolvern. Utan minsta aningen om hur ett vapen fungerade riktade han den mot den lönnfeta kumpanen. Knallen var öronbedövande, handen ömmande av trycket medan kulan skar igenom kumpanen. En kort stund stirrade han på pojken medan blod sakta sipprade fram och färgade hans skitiga t-shirt röd alldeles ovanför mellangärdet.

När mannen föll till golvet tog han sin bror i handen, slet honom med sig in i hallen. Men den svettiga mannen, nu med ett blodindränkt ansikte, var redan på benen. Och till hans stora rädsla var ytterdörren låst.

Mannen var snart ifatt dem. Med stapplande steg och fäktande armar gav han dem inget annat alternativ än att fly in i vardagsrummet.

– Vi får ta fönstret, sa han till sin bror.

KAPITEL 45

JASON ROSS vaknade till samtidigt som Mario närmade sig Södertälje via E4an. Natten var fortsatt mörk. Den väldiga månen hade sedan några minuter gått i moln och endast ett mindre sken trängde igenom de svarta nattmolnen.

Han sträckte på sig.

– Var är vi?

Mario stirrade rakt fram på vägen.

– Vi närmar oss Södertälje.

Jason hostade.

– Hur länge sov jag?

Mario ryckte på axlarna.

– Tjugo minuter. Högst.

Det räckte för att dämpa huvudvärken. Den dansande skönheten Lisa Bendt hade lämnat hans nattliga syner. Nu såg han bara samma mörker bortom billyktorna som Mario stirrade in i.

Sväng av här, sa han just som de såg de första gatlyktorna av Södertälje.

Mario gjorde som han blev tillsagt och svängde av vid avfart Södertälje Syd. Vidare under motorvägen, till en rondell.

– Vänster, sa Jason och pekade med hela handen.

En bit vidare på Nyköpingsvägen bad han Mario stanna intill väggrenen.

– Jag har min bil parkerad på en liten skogsavstickare. Vi får gå härifrån.

De övergav bilen. Sida vid sida vandrade de genom mörkret. Efter några hundra meter väjde de av, in på en liten skogsavfart. Där stod den. Jasons gamla V70. Dold i av skogens dunkel. Han öppnade den olåsta bagageluckan.

Mario höjde ögonbrynen när synen av flertalet vapen mötte hans blick. Han nickade och log.

– Du blir mer och mer spännande för varje minut, sa han.

Jason log och såg på honom.

– Du håller väl inte på att kära ner dig, Kissen?

Mario skrattade.

– Du är inte min typ, sa han sarkastiskt till svar.

Jason fiskade upp den döende mobiltelefonen ur fickan och kastade sedan in den i skogen. Ville Bengt och hans blåbärsarmé spåra honom kunde de gärna få ledas in i ett meterhögt snår mitt ute i ingenting. Hans egen telefon låg avstängd i handskfacket. Han hade bestämt sig. Han skulle inte avlägga fler rapporter till Bengt. I natt avslutar jag det här, tänkte han.

– Hoppa in, sa han till Mario och stängde bagageluckan. Nu kör jag.

Han kunde se hur Mario bad en bön medan han rundade bilen.

– Vad gör du?

Mario såg på honom och öppnade passagerardörren.

– Jag ber.

Jason lutade sig mot den öppna förardörren.

– Är du troende?

Mario ryckte på axlarna.

– Sist du körde så hamnade min bil i entrén på en Pizzeria. Han log. Så ja, just nu hoppas jag det finns en högre makt.

Jason log tillbaka och hoppade in i bilen. Mario följde efter. Jason vred om tändningen. Dieselmotorn hostade innan den hummande startade och dess lysen sken över de kala trädstammarna. Jason la i backen, lät bilen studsa över den håliga skogsvägen innan den andades asfalt igen. Han frikopplade, satte i ettan och rivstartade mot torpet utanför Nykvarn där den sönderslagna Alec Yanko så vänligt avslöjat att Mia hölls fången av en Castro Chavez.

Medan de svängde av avfarten vid Järna bröt Mario tystnaden.

– Så, har du någon ny plan? Eller kommer jag bli varse om den medan jag rullar ner för ännu en stenhård asfalt i sjuttio kilometer i timmen?

Jason smålog.

– Har du varit vid det här torpet tidigare?

Mario drogen djup suck och skakade på huvudet.

– Nej, så långt har jag aldrig kommit.

Han tystnade någon sekund.

– Personerna som höll dig fången, fortsatte han. Om så för en liten stund.

De såg på varandra och log till minnet av den sönderslagna Yamal i källaren och den hysteriskt chockade Leo.

– De var mina *kumpaner*. I vanliga fall tar vi bara hand om själva leveranserna till dealarna. Tata var den boss jag kommit närmast i hierarkin. Castro Chavez eller vad han heter har jag aldrig hört något om. Antar att han är högsta hönset.

Jason nickade.

– Jo, jag antar det jag med.

Han funderade.

– Var du delaktig i kidnappningen?

Mario satt tyst. Sedan nickade han.

– Pojkarna, sa han. Jag hade dem under ett vakande öga.

Med ångest såg han på Jason.

– Jag är hemskt ledsen. Jag gjorde bara mitt jobb. Hade jag börjat fucka ur hade det börjat väcka misstankar och...

– Det är lugnt, sa Jason lågt. Jag förstår din situation.

– Tack.

De körde förbi en golfklubb, vidare längst Nykvarnsvägen medan skogen visslade förbi dem utanför bilen.

– Har du någonsin provat skiten?

– Vilket skit? undrade Mario.

Jason ryckte på axlarna.

– Inte fan vet jag. Knarket? Kokainet eller vad fan för dynga ni nu sprider?

Mario log. Äntligen något som besten inte hade full koll på.

– Ja tyvärr. Hemma i Colombia. I tonåren. Det är länge sedan men man lärde sig det man behövde för att kunna infiltrera här i Sverige.

Jason satt tyst. Själv hade han aldrig provat det. Aldrig ens känt det lockande.

– I natt avslutar vi det här, sa Jason. Du avslutar ditt skitjobb som knarkhaffarnas bitch och vi ser till att Mia kommer hem utan ett krökt hårstrå.

Mario nickade instämmande. Men på insidan kände han ett obehag. Tänkt om den här kvinnan, Mia, redan hade några krökta hår? Om det var så att hon var fullständigt sönderslagen? Våldtagen? Kanske rent av död?

Då kommer många människor förlora livet inatt, tänkte han och såg på Jasons iskalla profil medan dess svarta ögon stirrade ut i den stundande gryningen.

KAPITEL 46

– ÄR det här? frågade Mario och såg bort mot torpet några hundra meter bort.

Det lyste från flera av fönstren och skuggar av människor vandrade över dess tomt.

Jason nickade. Enligt Alec Yankos utsaga var detta stället de fört Mia.

– Okej, så... Mario såg på honom. Hur var det med den där planen? Har du någon?

Jason nickade på nytt.

– Okej. Lust att kanske... dela med dig av den?

Jason bit ihop tänderna i en allvarlig min.

– Visst, sa han. Döda allt som rör sig.

Han lät bilen stå på tomgång medan han klev ur, rundande den och öppnade bagageluckan. Han kom sedan tillbaka, klev in i bilen och räckte över ett laddat gevär till Mario medan han behöll sin Glock för sig själv.

Mario såg ner på geväret i sina händer, sedan på Jason. Han menar verkligen allvar, tänkte han. Detta är på riktigt. Nu är det på allvar.

– Okej, sa Jason. Lyssna nu. Jag vill att du går via skogen. Där ska du täcka mig. Ser du någon så skjut. Okej?

Mario, fortfarande lite tagen av hela situationen, såg på Jason med vidöppen mun och flackande blick. Men han nickade förstående.

– Visst, ser jag någon så skjuter jag.

– Bra. Nu kör vi.

Mario nickade åter igen, öppnade dörren och gled ut i det tidiga morgondiset.

När han stängt dörren efter sig blundade Jason och tog några djupa andetag. Han var väl inställd på att han inom kort kunde finna Mia livlös. Han ville inte tänka på det men var tvungen att stålsätta sig för att möjligheten fanns. Precis på samma sätt som han blundat, andats nere i Mellanöstern. Låtit hjärtrytmen sjunka, stålsatt sig för all den död som komma skulle.

För sitt inre såg han hur minnesbilder av kriget passerade förbi. Hur bomberna föll medan han crawlade i den stekheta sanden under den blodröda solen. Minnet av bakhållet. Skriken från Martin Bengtsson. Mer än så mindes han inte av händelsen. Det hela ekade i hans huvud. Alla dessa röster från hans förflutna.

Grim Reaper! Come in, Grim Reaper!
Eliminate! Eliminate!
Grim Reaper! Come in, Grim Reaper!
Kill them! Kill them!

Han öppnade åter ögonen. Såg bort mot torpet och stängde sedan av bilens lyktor. Det var dags. Han lättade på kopplingen och lät dragläget föra bilen framåt över den grusiga skogsvägen. Mario hade redan försvunnit in i skogens mörker. Han hoppades att han kunde lita på denna Albino nu. I vanliga fall, nere i Mellanöstern, hade han oftast information om fienden. Antalet. Utrustningen. Vapnen. Allt. Nu visste han varken antalet eller vad de hade att tillgå. Det kunde lika väl vara han och Mario mot en mindre armé av påtända pundare.

KAPITEL 47

BENGT WESTERBERG såg stressat på IT-teknikern. Hur svårt kunde det vara att spåra en mobiltelefon? Jasons var avstängd. Den stulna telefon som Jason använt tidigare var avstängd eller som Bengt ville minnas Jason säga; snart slut på batteri. Nu var de i färd med att spåra Mario Vargas telefon.

Bengt suckade och vankade av och an medan Johanna Åhlén trummade med tummarna mot stolarmstödet. Jonas Jakobs hade farit hem för att uträtta ett familjärt ärende. Bengt var frustrerad.

Han ville avsluta detta nu. Få tag i Jason innan saker urartade. Att använda sig av honom var smart till en början. De hade aldrig lyckats spåra de kidnappade annars. Och inte heller kunnat befria pojkarna. Men nu fick det räcka. Jason var inte bara en fara för sig själv. Han fick under inga omständigheter göra något som kunde få honom fängslad. Och nu började saker gå över styr. För att hålla Jason från fängelse var Bengt tvungen att få tag i honom. Nu.

– Jag har det, sa den glasögonprydde tekniker.

– Låt höra, sa Bengt. Fram med det.

Tekniker visade på skärmen.

Nykvarn? tänkte Bengt.

– Vad fan gör han i Nykvarn? frågade Johanna och reste sig.

Bengt skakade på huvudet.

– Jag vet inte. Kan du skicka över de exakta koordinaterna till mig?

Tekniker nickade och satte igång.

– Bra. Johanna, få tag i Jakobs. Vi åker om tio.

Johanna nickade och lämnade rummet med telefonen mot örat.

KAPITEL 48

MANNEN DROG sista blosset på jointen och slängde den sedan på marken framför sig, andades ut rökmolnet och såg upp mot den gryende morgonhimlen. Med en K-pist runt axeln vandrade han runt tomten och kontrollerade samtliga hus på torpet. Han var inte ensam. En annan K-pistprydd man gick sin lov lite längre bort.

Då den röda rasande gryningen tvingade bort nattens mörker lät de ögonen vandra längst den snåriga tätbevuxna skogen. Mannen gäspade och såg ner på sitt armbandsur. Han konstaterade att det ännu var två timmar kvar av passet.

En bit in i skogen, väl dold av den snåriga omgivningen, satt Mario på huk. Spejandes följde han de K-pistprydda männens steg. Hur de patrullerade området. Spejade in i skogens mörker. Han hukades sig än mer medan ljuset från en av ficklamporna närmade sig hans position och passerade förbi.

Han var osäker på vad som komma skulle. Vilken galen idé hade Jason denna gång? funderade han medan han smög sig några meter närmare den gräsmatta där torpets tomt började. Fortsatt fokus på de båda beväpnade vakterna medan han krampaktigt lade gevärshöljet mot axeln.

Mannen skulle just till att tända en ny joint. Lågan flackade i den lätta vindbrisen när han hörde motorljudet. Han vände blicken mot infarten men såg inget ljus. Det lät som en skenande bil men inga strålkastare syntes.

Han tog några steg längst grusvägen medan ljudet kom allt närmare. Sedan försvann det. Han såg mot vägkröken och sedan mot sin kumpan som även han uppfattat det avlägsna brummandet.

Ljuslyktorna tändes och bländade mannen. Innan han hann reagera rev bilen upp den grusiga vägen, kastade sten och damm efter sig medan den i ett raseri rusade mot honom. Två steg åt sidan var för lite. Just som han kastade sig mot gräsmattan träffade fronten hans vänstra ben och slungade honom runt i luften innan han handlöst föll till marken. Skrikandes låg han och vred på sig medan dammolnet omgav honom.

Bilen bromsade in, framvagnen vreds i sitt ändläge och när det återigen gavs full gas så vände den runt. Nu med siktet inställt på den andre vaktande mannen. Denne drog sin K-pist och sköt desperat framför sig medan bilen närmare sig. Ljudet av krossat glas när skotten for igenom framrutan.

Inne i bilen fick Jason ducka för de vinande skotten. Utan att se lät han foten tynga ner gasen. Mannen kastade sig undan i sista sekund. Bilen fortsatte in i stenröset som markerade tomtgränsen. Med en enorm smäll tryckte kraften Jason mot ratten. Han kunde känna smärtan ila längst ryggraden men det pumpande adrenalinet lät honom ignorera den.

Mannen reste sig, tog nytt sikte mot den kvaddade bilen. Just som han var redo att avfyra en ny salva träffades han av ett skott i ryggen. En kula avfyrad från Marios gömställe. Sekunden senare föll mannen ner på knä, blev stående ytterligare någon sekund innan han livlöst föll ner på det kalla gräset.

Jason tog sig mödosamt ur den rykande bilen.

Mario kröp fram ur sitt gömställe.

– Gick det bra? ropade Mario.

Jason vände sig mot honom, höjde ögonbrynen och skakade på huvudet.

– Ser det så ut eller?

Inne i huset hade Castro Chavez vaknat av ljudet från skottsalvorna. En av hans män slet upp dörren till hans sovrum på övervåningen av torpets huvudboning. Raklång och yrvaken satt han i sängen. Täcket vilade över det putande magvalvet. Det tunna, gråstripiga håret stod som en halvmåne runt den kala hjässan. Det tjocka ansiktet såg rödmosigt ut med de bruna uppspärrade ögonen stirrandes på mannen.

– Chefen, vi har problem.

Castor kastade av sig täcket, fick ner fötterna på det risiga trägolvet och fram till det lilla fönstret. Nedanför kunde han se två män intill en rykande bil vars motor fortfarande brummade ut i morgontystnaden. En av hans vakter låg orörlig på mage i gräset. En annan crawlade hjälplöst på armbågarna med benen släpandes efter sig.

En av främlingarna tog fram sin revolver, tog några bestämda steg över gräset, ställde sig intill den flyende vakten och siktade. Castros ögon spärrades upp än mer då salvan avlossades och vakten som sprattlade någon sekund innan kraften tog slut och dess huvud föll till marken. Sekunden senare såg främlingen upp mot fönstret. Deras blickar möttes och plötsligt kände sig den ökände Papi, Kungen av Knarkkungar, så liten.

– Väck alla, sa han och vände sig mot sin vakt. Döda inkräktarna.

Mario andades tungt medan han såg hur den ryckande vakten somnade in efter att Jason skjutit honom i bakhuvudet. Rena avrättningen, tänkte han och mindes att även han nyligen skjutit ihjäl en man. Hans första offer någonsin. Han kände kväljningarna och kämpade med att hålla gallan ifrån att spruta ut genom munnen.

Jason såg med de svarta ögonen på mannen som dog framför honom. Minnen från kriget passerade åter förbi framför hans inre. Han slöt sina ögon så hårt att det värkte i ansiktet när musklerna spände sig. Tårögd öppnade han dem på nytt och såg på Mario.

– Okej, du försöker hitta Mia.

Mario nickade.

– Och du?

– Jag ska bryta nacken av det där jävla knarkarhoran.

De närmade sig snabbt ytterdörren till torpets huvudbonad då ytterligare två vakter stormade ut med dragna vapen. Den snabbt springande Mario hoppade upp i luften, snurrade runt och sparkade med kraft en av dem rakt över käken.

Jason såg med beundran hur Mario sen förföljdes av den andre vakten. Hur han tog sats mot torphuset genom att springa två steg uppför dess vägg, slå en bakåtvolt i luften för att sedan landa bakom den jagande mannen, knuffa denne i ryggen varpå han med kraft slog handlöst i fasaden.

En hård spark senare i huvudet och mannen föll i medvetslöshet. Jason ställde sig på knä ovanför den andre, slet tag i hans krage och slog en kraftig högernäve över hans käke. Blodet forsade från den spruckna överläppen innan även denna somnade in.

– Vad i helvete? sa han och stirrade på Mario. Var har du lärt dig det där?

– Jag sa ju att jag är smidig som en tiger, log Mario. Men du vägrar lyssna.

Jason skakade på huvudet och log.

– Du är mig en galen mexare du.

Mario suckade djupt.

– För sista gången, jag är Colombian.

– Samma skit, svarade Jason. Hitta Mia nu.

Castro hörde fotstegen i hallen på nedervåningen. Han förstod att hans män överrumplats av de två inkräktarna. Var de poliser? Han skakade förbryllat på huvudet. Nej, tänkte han. Polisen skulle aldrig avrätta någon på det sätt han nyligen bevittnat.

Men vilka var de? Han hade fått på sig ett par urtvättade träningsbyxor. Överkroppen täcktes till viss del av ett trasigt vitt linne. Axlarna var håriga. Stora svettpärlor hade bildats på hans höga panna och rann nerför de bleka kinderna.

Nu hörde han fotsteg i den knarriga trätrappen.

Vem var det som närmade sig den stängda dörren till hans sovrum?

Medan Jason tog stegen uppför den gamla trappen smög sig Mario djupare in i bottenvåningens mörker. Tog sig in i vad som verkade vara ett vardagsrum. Med hastiga rörelser lät han geväret säkra var sida om ingången. Inte en själ syntes till i dunklet.

Genom de små fönstren sken små stålar av gryningen. Mario kisade medan han sökte av rummet. En gammal gungstol, ett risigt glasbord. Ölburkar och vinflaskor i spridda skurar runt det stökiga och smutsiga trägolvet.

Han trevade fram med ett krampaktigt tag om geväret. Från tomma intet slog kraften ner, fick ner honom på knä varpå geväret föll ur hans grep. Personen som slagit honom med en gammal trästol, som nu låg i bitar runt honom, drog tag i hans ben. Släpade honom över golvet medan han sparkade och ålade sig. Tillslut träffade en spark hans angripare som tappade det fasta greppet runt hans vad. Sekunden senare var han åter på fötter. Angriparen slängde hastigt ut en knuten näve som Mario med en hårsmån lyckades undvika.

Mario tog tag i mannens jacka, snurrade med sig honom och släppte taget så att mannen forcerades ner över glasbordet. Mario rusade mot geväret på golvet men mannen som åter var på alerten kastade sig över honom. Med tyngden över sin rygg föll Mario till golvet. Mannen fick sin arm runt hans hals. Han kände trycket mot sin strupe, hur adamsäpplet pressades och hur luften snabbt rann ur honom.

Han stäckte ut handen mot geväret en bit ifrån men nådde det inte. Fingrarna snuddade vid höljet medan blicken blev suddigare. Jag kommer dö nu, tänkte han och kände hur kraften försvann och ersattes med panik. Nu såg han ingenting. Bara ett mörker framför sig medan hjärtat slog allt mer oregelbundet.

Med en sista ansträngning lät han högerhanden söka av golvet runt honom. Det sved till i fingret då han drog handen över en av skärvorna från det krossade glasbordet. Han lyckades få ett grepp runt det och lät den sista kraften pressa in skärvan i angriparens lår. Ett högt skrik innan han kände trycket lätta så att han åter kunde ta ett andetag.

Castro väntade oroligt medan fotstegen på andra sidan dörren stannade av. Han riktade sin pistol mot den slitna trädörren. Väntade. Lyssnade. Svetten rann nu nerför hans bleka ansikte. Sekunderna passerade förbi men ingenting hände.

Skulle han skjuta? Hade han tur så träffade skotten vem det nu var som gömde sig på andra sidan. Men om han missade? Då skulle han vara försvarslös. Hans enorma kroppshydda och dåliga form skulle vara en enkel match för en angripare.

Fortsatt tystnad. Han tog ett steg närmare dörren. Lyssnade. Sedan ett steg till.

Dörren for upp och träffade Castro som föll bakåt. När han åter såg upp stod den enorma besten framför honom. Det trasiga ögonbrynet fortsatte att pulsera ut blod. Hela bestens ansikte hade en blandning av blod och smuts. De svarta ögonen var fast spända i hans. Han kände rädslan stiga inom sig. Vem var han? Vad gjorde han här?

Besten slet pistolen ur hans hand. Castro andades tungt och stönade medan han tog sig upp på sängkanten.

– Vem är du? frågade han och torkade den svettiga pannan med täcket.

Besten såg sammanbitet på honom.

– Du kan kalla mig Liemannen, svarade han. För det enda som står mellan dig och döden är att inte ett enda hårstrå har krökts på den kvinnan.

Castro nickade.

– Du har kommit för henne? Han skakade på huvudet. Du är inte hennes man.

Besten skakade på huvudet.

– Vart är hon?

Nu skrattade Castro. Men Jason kunde känna hans dolda rädsla. Han kunde lukta sig till rädda små avskum. Han hade träffat på dem förut.

– Har du mina pengar?

Nu skrattade även Jason. De skrattade tillsammans.

På nedervåningen hade Mario fått ett övertag. Angriparen låg nu under hans tyngd med en gammal tröja runt sin hals. Mario tog i med all sin kraft medan angriparen fäktade vilt med armarna. Så lite hårdare.

Och ytterligare lite hårdare. Tillslut kände han hur mannens kraft minskade. Hur hans motstånd sakta avtog medan livet lämnade dess ögon.

Mario släppte taget om tröjan, puttade bort den livlösa kroppen och lutade sig mot väggen medan han kippade efter andan. Han hade aldrig dödat någon i hela sitt liv. På mindre än tio minuter hade han nu bragt två personer om livet. Han skakade på huvudet. Nu kunde han inte hålla det inom sig längre. Han lutade sig åt sidan, öppnade munnen och lät det komma. Tårarna rann medan han hulkade ur sig den sista gallan som kroppen kunde undvara. Flertalet timmar hade passerat sedan han ätit något och det mesta som nu kom ur honom var den sega gula magsyran.

– Fy fan, svor han för sig själv och spottade på det dammiga golvet.

Medan han tog sig upp på skakiga ben hördes ett skrik och några dunsar utifrån den lilla hallen. En snabb blick senare kunde han bevittna hur en överviktig man i träningsbyxor och linne forcerade nerför trappen och landa på det slitna hallgolvet efter att ha slagit bakhuvudet i väggen.

Efter mannen kom Jason nerför trappen. Mario som stod i dörröppningen till vardagsrummet mötte Jasons blick. Jason såg på honom, sedan på den döde mannen på golvet intill Marios ben. Han nickade imponerat.

– Har du hittat henne? frågade han.

Mario skakade på huvudet och såg sedan på Castro som åmade sig av smärta.

– Mario, sa Jason. Får jag presentera den ökände Papi?

Han log.

– Papi! fortsatte han. Vad sägs som att berätta för mig och min polare om vart du gömt henne?

– Hon är så gott som död, lyckades Papi få fram mellan de intensiva andetagen.

Jason log.

– Det tror jag inte, sa han lugnt. För det skulle betyda att du inom kort tar ditt sista andetag.

Papi lutade sig mot dörrkarmen till ytterdörren, spottade ut en stor loska med blod och saliv och log.

– Du kom försent. Han mötte Jasons svarta blick. Din hora är död!

Jasons ögon blixtrade av ilska.

– Hora? muttrade han.

Det var andra gången som en patetisk pundare kallat henne för det.

– Mario, sa han. Hitta henne.

Mario nickade och försvann in i det mörka vardagsrummet igen. Castro såg djupt in i ögonen på besten som nu såg större ut än någonsin med döden i blicken.

KAPITEL 49

CASTRO TOG sig ut genom dörröppningen. Ut på gräset där morgondaggen blötte ner hans vita linne. Krypandes försökte han ta sig bort från besten. Han lyckades ta sig upp på fötter. Stapplande steg. Såg sig om över axeln.

Efter honom kom Jason. Lugna steg men med död i blicken. Solen syntes nu skymta bakom trädtopparna. Ett dolt sken genom den molntäta morgonhimlen. Luften var lättandad. Med doft av tidig höst. Löven virvlade i vinden runt deras ben.

Castro stannade. Vände sig om. Stod alldeles stilla.

– Du, sa han. Vänta lite.

Jason brydde sig inte om hans vädjande. Lyssnade inte längre. Tröttheten var påtaglig. Huvudvärken var nära att knäcka honom. Ansiktet ömmade efter att ha slagit upp det spruckna ögonbrynet gång på gång. Det var så svullet att synen på ögat försvunnit. Det i sin tur påverkade honom. Balansmässigt samt huvudvärken.

Castro bad igen men Jason fortsatte ignorera honom. Han ville få ett slut. Castro påstod att hon var så gott som död. Han visste inte längre. Levde hon? Levde hon inte? Den säkerhet som hittills varit hans bränsle var försvunnen. Oavsett så var det nu över.

Han riktade revolvern mot Castro, drog ett djupt andetag och pressade avtryckaren. Inte en min rörde han medan kulan skar genom Castros vänstra knä utan sänkte sakta revolvern i takt med att Castro föll till marken. Lugnt väntade han medan Castro skrek ut sin smärta, vred sig på rygg i det våta gräset och svor några rader på portugisiska.

Sedan laddade han om med en ny kula.

Den lilla dörren gnisslade medan Mario drog den åt sig. Den unkna källardoften. I dunklet kunde han urskilja en smal trapp. Första steget knarrade mer högljutt än dörrens tidigare gnisslande. Han stannade upp, stod tyst och lyssnade. Kanske fanns där ingen mer legoknekt? Ingen kom i alla fall för att undersöka de knarrade ljuden. Allt han hörde var ekot från ett avfyrat skjutvapen och ett efterföljande långdraget skrik.

Han trevade vidare nerför den smala trappen. Luften blev än mer instängd ju längre ner i källaren han kom. Morgonsolen sken in genom de smala fönstren. Endast som en smal strimma. Skuggan från äppelträdet utanför dansade i skenet på väggen framför honom medan han vidare undersökte de trånga källarutrymmena.

Han vände sig om och slog huvudet i en av träbalkarna. Han bet ihop tänderna, grimaserade och slöt ögonen hårt medan han väntade ut den ihållande värken. Masserade sedan med fingertopparna mot pannbenet och öppnade ögonen igen medan en lång utandning följde som en långdragen suck.

Med sina en och sjuttiofem centimeter fick han gå framåtlutad medan han sökte sig djupare in i källarens dunkel. Ett steg. Två steg. Sedan tre. Nu kunde han urskilja konturerna av ytterligare än mindre dörr i mörkret. Ett steg till. Knarrade bjälkar under hans fötter. Två steg. Gläntade på dörren. Lät ögonen vänja sig vid ljuset då rummet innanför hade större ljusinsläpp från dess fönster. Ögonen spärrades upp.

Där hängde hon.

Jason drog ett djupt andetag medan Castro jämrade sig på marken där denne höll händerna i ett stadigt grepp runt det sönderskjutna knäet. Han andades sedan ut medan blicken vandrade över den allt ljusare himlen. Sedan såg han åter ner på Castro.

– Verkar bli en vacker dag, konstaterade han.

Men Castro svarade inte. Han mötte snarare Jasons blick med rädsla.

– Vore ju tråkigt för dig att missa en sådan dag, menar jag, fortsatte Jason.

Fortsatt höll han revolvern i sin avslappnade hand. På nytt drog han ett djupt andetag. Lät morgondiset svepas med ner i lungorna. Det var en varm sommarmorgon. Trots att bara timmen passerat gryningen. Han släppte åter ut luften och nickade mot Castro.

– Så, hur vill du ha det?

Castro skakade på huvudet. Svettpärlorna blandades med blodet och rann nerför hans kinder och nästipp. Andningen var intensiv och Jason kunde ana chocken i hans blick.

– Du har ett val, Papi, sa Jason. Du kan berätta för mig vart hon befinner sig. Och när du ändå håller på kan du avslöja om du är sista mannen i ledet eller om jag kommer behöva hemsöka fler?

Castro svalde hårt men fick inte fram ett ljud mellan de intensiva andetagen.

Jason harklade sig och såg med en mer trött blick på honom.

– Okej, ditt val.

Han siktade åter revolvern, tog ett djupt andetag och lät ännu en kula vina genom luften. Ett nytt skrik från Castro då den genomborrade och trasade samman det högra knäet. De urtvättade träningsbyxorna färgades nästan svarta av det forcerande blodet.

Jason brydde sig inte om hans skrik. Ryggen värkte efter bilkraschen och en smärta stramade längst med svanskotan ner i baksidan av låret. Han stängde sina ögon och kände svindeln. Han visste inte vem som skulle ge upp först? Han eller Castro? Och någonstans djupt i bakgrunden tyckte han sig höra sirener ljuda ut i morgondimman.

Hon hängde där. Framför hans ögon.

Han stod stel. Svalde hårt medan han skådade den sargade kroppen.

Med armarna ovanför huvudet hängde överkroppen i ett rep runt ett gammalt vattenrör. Surrad runt handlederna. Benen orkade inte bära kroppen och huvudet var böjt framåt. Barbröstad. Endast iklädd smutsiga trosor. Orörlig. Men var hon död?

Jason öppnade ögonen. Vimmelkantig försökte han upprätthålla kroppen stående. Yrseln påverkade balansen och slutligen kunde han inte kämpa emot gravitationen. Sekunden senare hade han fallit bakåt. Han dämpade fallet genom att sätta vänstra handen mot det hårda underlaget. Marken var kall och gräset vått. Synen var dimmig och den kom och försvann om vart annat.

Castro kved där han låg framför honom. Så mycket blod, tänkte Jason och kände hur det rann från det öppna såret i ögonbrynet. Så mycket våld. Castro med sina sönderskjutna knän. Han själv med diverse sår och skador. Jag kommer aldrig kunna bortförklara det här, tänkte han vidare medan han hörde sirenerna närma sig och anade det blinkande blåljuset i ögonvrån.

Hon andades. Mario drog en lättnadens suck. Vad fan hette hon nu igen? Mila? Mina? M? Något på M, tänkte han medan han drog håret från hennes dolda ansikte. Mia!

– Mia, sa han och lyfte försiktigt hennes huvud. Mia?

Han kämpade med den hårt knutna knopen runt hennes handleder medan han frekvent upprepade hennes namn och håll hennes kroppsvikt upprätt. Slutligen lättade repet. Tillräckligt för att få loss händerna. Han höll henne medan de lättsamt och försiktigt föll ihop på golvet.

– Mia?

Hennes handleder var blå och svullna. Hon måste ha hängt här i timtal, tänkte han.

– Mia? Han klappade henne på kinden. Vakna Mia.

Hennes läppar var torra och spruckna. Vilka jävla svin, tänkte han och insåg i samma sekund att han själv varit bidragande i detta sjuka kidnappsdrama.

En hårdare klapp på kinden. Nu hostade hon till. Han andades ut. Ett första tecken på medvetenhet. Hennes ögon öppnades sakta.

– Mia? Hej.

Hon såg med rädda ögon på honom. Han drog luggen från hennes ansikte.

– Jag är här med Jason, sa Mario. Jag är en vän. Vi ska få dig härifrån.

Han drog av sig sin skinnjacka medan hon vilade mot hans famn. Försiktigt trädde han hennes armar genom jackans ärmar och lät den täcka hennes nakna överkropp. Hon var så kall, tänkte han och hjälpte henne upp på skakiga ben.

Hon stöttade sig mot honom och omtumlat lämnade de platsen som de senaste dygnen varit hennes fängelsehåla.

– Jason? viskade hon.

Mario nickade medan de trevade i källarens mörker.

– Jag ska ta dig till Jason.

Bengt Westerberg kunde inte tro sina ögon när Johanna Åhlén saktade in polisbilen. Inte heller Jonas Jakobs kunde vänja sina ögon till det som utspelade sig framför dem. Alla tre satt de med vidöppna munnar och chockerad blick.

På marken låg kroppar. Runt ett träd satt främre delen av en Volvo rykande och totalt kvaddad. Och mitt i smeten. Utanför det faluröda torphuset med de vita knutarna satt en sargad Jason.

Fler polisbilar kom upp bakom dem.

Bengt öppnade dörren, steg ur bilen och ropade till bakomvarande befälsbil.

– Se till att säkra stället. Ni två...

Två poliser gav honom sin uppmärksamhet.

– Genomsök huset. Nu.

Poliserna började cirkulera runt tomten medan Bengt själv tillsammans med sina trogna kriminalinspektörer närmade sig Jason.

– Snälla säg att han är vid liv, sa Bengt för sig själv.

Johanna stannade intill en livlös kropp på gräsmattan, hukade sig och satte fingrarna mot dess hals. Hon såg upp på Jonas och skakade på huvudet då ingen puls fanns att finna. Jonas nickade och såg sig sedan förvirrat omkring.

Hade Jason gjort allt detta? tänkte han. En man? Vem i helvete är denna man?

Mario hjälpte den sargade Mia uppför den knarriga trappen. Upp mot det morgonljus som strålade in genom den öppna ytterdörren. Den unkna källararomen byttes ut mot doften av höstvindar. Kylan mötte hennes redan kalla hud när höstbrisen ven för hennes nakna ben men hon brydde sig inte. Hon var fri.

Hon kisade medan solen slog mot hennes ansikte. Utanför blinkade blåsljusen från polisbilarna. Benen var veka och hon kände sig kraftlös. Med vikten lutandes mot Mario släpade hon sig ut ur hallen. Ut i friheten. Och där var han. Sittandes på det glittrande gräset. Benen vek sig och hon föll ner på knä. Mario satte sig ner intill henne.

Med trötta ögon såg hon på honom. Sin befriare.

Den odödlige mannen. Besten. Jason.

Jason stirrade rakt framför sig. Han kände Bengts närvaro där denne nu stod intill honom. Han kunde höra de ansträngda andetagen. Bengt borde verkligen jobba på flåset, tänkte han men gav honom ingen blick.

Castro låg närmast i chock framför dem. Snyftande av smärta men lugnare än tidigare.

– Så, sa Bengt andfått. En jävla cirkus du ställt till med här.

Jason svarade inte utan nöjde sig med att nicka.

Bengt såg på Castro med avsky i blicken. Han såg så liten ut. Som om han just utsatts för sin överman. Som om han just stirrat döden i vitögat.

Castro hade varit en nagel i den Svenska Polisens öga under en allt för lång tid. Undkommit straffen. Aldrig behövt sona för sina brott. Hånat lagens långa arm. Det stod Bengt upp till halsen. Det fick vara nog nu. Ett slut.

Han såg ner på Jason.

– Jason, ge mig vapnet, sa han och sträckte ut sin hand.

Jason satt tyst. Djupt försjunken i sina tankar och på vippen till att falla in i medvetslöshetens efterlängtade dvala.

– Jason? upprepade Bengt sig.

Jason såg ner på revolvern. Utan att röra en min. Sedan sträckte han med darrig hand upp vapnet som togs emot av Bengt.

Bengt såg på vapnet och sedan tillbaka på Castro.

– Mia lever, fortsatte Bengt. Hon sitter här bakom dig.

Jason fortsatte att nicka till svars, alldeles för trött för att göra en sista ansträngning för att se som om. Men han log smått. Han hade räddad henne. Eller ja, han och Mario hade räddat henne. Mario, log han för sig själv. Cool katt den där alltså.

Han började känna hur han försvann allt djupare i ett mörker. Snart orkade han inte hålla sina ögon öppna. Och ryggen värkte värre för varje andetag han tog.

Han hörde hur Bengt drog ett djupt andetag. Sedan såg hur den revolver som han använt kastades ner på Castro som med skärrade ögon såg upp på den överviktiga Rikspolischefen.

– Castro, sa Bengt. Vi ses i helvetet.

Bengt lät sin tjänstepistol avsluta det svenska kriminalkapitlet om den ökände Castro *Papi* Chavez. Skotten borrades igenom hans vänstra bröst och färgade det redan nerblodade vita linnet än rödare medan livet i Castros ögon släcktes och den sista luften lämnade hans bröstkorg.

Jason föll in i medvetslöshet medan den första ambulansen anlände till torpet.

Johanna Åhlén som hämtat en filt i bilen för att sedan återvända till Mia såg fundersamt på Bengt som vände sig mot henne. Kollegan Jonas Jakobs såg även han en aning konfundersam ut.

Bengt log.

– Enligt rapporten så hade Castro ett dolt vapen, sa han medan han närmade sig dem. Okej?

Johanna suckade och nickade sedan innan hon återgick till att värma Mia. Jonas log förstående och gick sedan in i huset.

Bengt såg på medan Jason bars upp på en bår och rullades iväg mot en av ambulanserna. Han kände sig underlig och lyckades inte få ner pulsen. Plötsligt stack det till i den vänstra armen och en smärta spred sig i bröstkorgen. Han tog två stapplande steg framför sig innan han lät den tunga kroppshyddan falla till marken.

Liggandes på rygg kunde han se hur en polishelikopter cirkulerade i luften ovanför torpets brunröda trädtoppar. Löven gav vika från kraften av dess propeller och dinglade harmoniskt ner mot honom. Smärtan blev än värre påtaglig och synen allt mer suddig.

Medan han försvann in i mörkret hörde han Johanna Åhléns röst.

Skulle det sluta så här, tänkte han. Den där jävla Carl Hermansson.

Den där jävla Jason Ross.

KAPITEL 50

Han lyckades få upp fönstret bakom den stora skinnsoffan.

– Kom! Skynda.

Hans bror höll ett krampaktigt tag om hans handleder medan han tog sig upp i soffan. Fönster var nog en två meter över marken då huset låg i en sluttning. Brodern såg med tveksam blick ner mot marken.

– Det är för högt, viskade han.

Den kalla vintervinden ven genom fönstret, virvlade in sig i de vita gardinerna och lekte med den lille pojkens lugg. Tårarna rann åter ner för hans kinder.

– Du klarar det, sa hans äldre bror. Jag kommer efter.

Just som den yngre brodern klättrade ut genom fönstret, hängandes raklång i sin broders armar kom den svettige mannen med det uppskurna ansiktet fram till soffan. Han slet tag i den, till synes, orädde brodern som tappade greppet om sin lillebror.

Väl nere på marken kunde han se sin storebror dras in igen av mannens blodiga händer.

– Nej! skrek han rakt ut i den bitande kylan.

Inne i huset hamnade storebror på rygg på golvet. Mannen fumlade runt i soffan innan han åter var på benen. Pojken sparkade med all sin kraft med benet mot mannens kön. Återigen hördes mannens stönande, denna gång med ljusare stämma innan han föll ner på knä med händerna i ett hårt grepp runt skrevet.

Pojken reste sig, tog sig djupare in i rummet. På stenplattan på eldstaden stod två brinnande ljus. De som hans mor troligen tänt alldeles innan männen brutit sig in i huset.

Mannen var åter på benen, vinglandes kom han emot pojken. Med sin dåliga syn på grund av knivskadan trevade han med händerna framför sig. Pojken stod blixtstilla intill eldstaden. Väntandes på mannen.

I samma sekund som mannen gjorde sitt utfall kastade han sig undan. Mannen missade honom med ynka millimetrar. Istället tog mannen stöd mot eldstaden och vräkte omkull de brinnande ljusen.

Pojken var framme vid fönstret. Han hörde sin brors mer hesa röst ropa efter honom. Han vände blicken in mot rummet igen. Ljusen hade hamnat på fårfällen som genast lät sig antändas. Större och större växte sig lågorna medan mannen kom rusande mot honom.

Han såg en sista gång med sina svarta ögon på den svettiga, blodiga mannen och kastade sig sedan ut genom fönstret, rullade ett varv i den kalla snön och kom sedan på fötter. Den isande snön sved mot hans fötters bara hud medan han greppade tag om sin bror

*och började springa mot friheten som skogen inbjöd
till.*

Daddy's flown across the ocean,
leaving just a memory.
A snapshot in the family album,
Daddy, what else did you leave for me?

\- Another brick in the wall (part 1)
Roger Waters

Del två i serien om Liemannen Jason Ross finns att finna i romanen *I Maktens Spel*.

Tidigare utgivet

Rikemansmordet
Déjà Vu
Budbäraren